COLL

Ananda Devi

Le sari vert

Gallimard

Ethnologue et traductrice, Ananda Devi est née à l'île Maurice. Auteur prolifique, elle a publié des recueils de poèmes, des nouvelles et des romans, notamment *Ève de ses décombres* (2006) récompensé par de nombreux prix littéraires, dont celui des Cinq Continents et le prix RFO. Elle est considérée comme l'une des figures majeures de la littérature mauricienne.

Je ne suis pas l'apôtre du dire poli. Je ne souscris pas à l'hypocrisie de ces belles et vides formules dont notre époque est si friande. Je ne suis ni jeune, ni riche, ni faible, ni gentil, ni femme, ni blanc, ni noir, ni pauvre, ni affamé, ni obèse, ni beau, ni contrefait, ni minorité brimée, ni majorité insensible, ni politicien hâbleur, ni prophète apocalyptique, ni mère Teresa, ni Berlusconi — bref, ni le meilleur, ni le pire.

Je suis un homme, et je suis en voie de disparition.

Je suis vieux et je suis en voie de décomposition.

Si vous souhaitez des joyeuseries, passez votre chemin. Si vous pensez sortir d'ici le ventre grouillant de bons sentiments, vous vous êtes trompé de porte.

Gens qui criez trop fort sans avoir rien à dire, écoutez-moi si vous le voulez ou bien foutez le camp.

Tout cela m'indiffère.

J'ai entendu sa voiture qui gravissait la côte; bruit éploré, reconnaissable de loin, de la vieille guimbarde dont elle est fière par une sorte de snobisme à l'envers et qu'elle conduit en apnée, étroitement enroulée autour de son volant.

Elle a sonné à la porte, plusieurs fois, impatiente d'entrer. Je ricane. Elle ne sait pas ce qui l'attend. D'ailleurs, l'autre abrutie, celle qui l'a appelée, ne s'y méprend pas. Elle tarde à ouvrir, traîne ses pantoufles et son maigre corps inerte quelque part dans la maison suffoquée de silence, derrière les cloisons grouillant de termites. L'impatiente piaffe sur le perron venteux.

Enfin, elle se décide à ouvrir. J'imagine leur baiser honteux, les pommettes proéminentes entrechoquées. Les regards, eux, ne se rencontrent pas : elles sont si habiles à se fuir. Maintenant, la vieille s'efface pour laisser entrer la jeune. Enfin, la jeune, elle a ses quarante ans passés, j'en suis à peu près sûr, je ne me souviens plus de sa date de naissance mais elle doit avoir au moins ça sur le dos. Quant à l'autre, elle doit avoir soixante-deux, soixante-trois. Qu'importe ? Elles sont toutes deux bien plus vieilles que moi, qui ai à peine quelques rides, tous mes cheveux, toutes mes dents et plus d'intelligence dans un seul poil qu'elles n'en ont jamais eu dans toute leur masse de chair décomposée.

Et voici venu le temps des messes basses ! Ça n'a pas son pareil pour chuchoter comme si ça veillait en permanence un mort. Ça chuchote de honte, ça chuchote de peur, ça chuchote de colère, ça chuchote de tous les secrets dont ça a besoin pour se croire important. Ces secrets qui les engrossent de flatulences sont leur monnaie d'échange contre l'ennui :

Pourquoi m'as-tu appelée ? dit l'une, frémissante d'anticipation nerveuse.

Je ne pouvais pas te le dire au téléphone, murmure l'autre.

Me dire quoi ?

Il est là.

Qui, il ?

Tu le sais bien.

Fin de conversation. Silence. Goutte de sueur égarée dans la moustache de l'une. Un peu de temps soustrait à la vacuité de l'autre. La moins vieille a pâli. Elle ne pensait pas que sa mère, après tout ce temps, l'aurait appelée pour cette raison. Se retrouver pour ça, pour « il », pour celui qu'on n'a pas besoin de nommer, non, elle ne s'y attendait pas, ayant nourri on ne sait quels rêves de réconciliation en route, les mains moites et tremblantes sur le volant de sa casserole. Elle croyait que sa mère voulait renouer avec elle. Perdu ! Ta mère ne veut pas renouer avec toi ; elle veut juste que tu l'aides à faire face à ce père qu'elle n'a pas su mériter.

Tu seras toujours, tu vois, celle que l'on appelle en dernier recours.

Le silence dure. Je ne les entends même plus chuchoter. Qu'est-ce qu'elles manigancent ? Que peuvent-elles bien se dire de l'autre côté de la porte, me laissant macérer dans cette chambre close ? Elle aurait pu me donner la sienne, de chambre, mais non, même pas, c'est la chambre d'amis, celle des amis qui ne viennent jamais et dont l'absence remplit la pièce de mépris, et elle me dit, la bouche en pointe, les narines étrécies, les toilettes ne sont pas loin, comme si j'en avais la force, comme si je devais lui rappeler qu'un grabataire, ça ne sort pas du lit, on prend soin de lui et de ses besoins, il a assez vécu, assez donné, maintenant il reçoit !

La colère réveille un goût de fiel dans ma bouche. J'ai envie de cracher. Dédaignant la boîte de mouchoirs en papier à côté de mon lit, je me racle la gorge bien profondément et expulse un globe de glaire verdâtre. Quand elle viendra, elle n'aura plus qu'à se pencher et essuyer. Si toutefois elle arrive à y voir quelque chose.

Le vent a arraché les feuilles des camphriers et les a collées à la fenêtre, masquant la rare lumière.

La ville de Curepipe est bien la seule du pays à connaître un automne permanent. Il n'y a qu'elle pour vivre dans un endroit qui refuse aussi obstinément le soleil tropical. Il pleut tout le temps, il fait froid, l'humidité entre par tous les pores, vous moisit la chair, vous imprègne de vert-de-gris, vous fait pousser des champignons entre les orteils. Je ne serais pas venu ici si j'avais pu me réfugier ailleurs. Mais il n'y a plus qu'elle; elle, avec ses yeux clairs en croissant de lune, ses yeux de chatte qui lui ont valu le surnom de Kitty quand elle était enfant. Tous la trouvaient jolie avec son visage triangulaire aux traits presque chinois (alors que nous sommes de bonne souche indienne). Je souriais quand on disait cela. Dès que nous étions seuls, je m'empressais de la détromper : ils disent ça pour me faire plaisir, lui rappelais-je. Ils disent ça parce que tu n'as pas de mère. En réalité tu n'es pas belle. Tu es différente. Tu es monstrueuse. Personne n'a les yeux de cette couleur ni de cette forme dans la famille. Je ne sais pas d'où tu sors. Ils devraient plutôt t'appeler la Chinetoque.

La consternation ruinait son visage. La honte emplâtrait sa bouche. Je lui disais alors, Kitty, Kitty, Kitty, viens ma chatte, viens sur les genoux de Papa. Et elle soupirait, elle tremblait, elle s'approchait.

Son vrai prénom est Kaveri Bhavani. À sa naissance, sa mère s'était longuement penchée sur des livres anciens pour sortir cette chose imprononçable. Elle l'appelait Kaveri Rani, la reine Kaveri. Heureusement, Kitty ne s'en souvient pas. Heureusement, sa mère est morte avant d'avoir pu lui farcir la tête d'illusions.

La reine Kaveri n'a pas fait long feu. Après, elle est devenue Kitty pour tout le monde. Kitty tout court. C'est un prénom à sa mesure.

Elle est comme ces chats qui vous regardent avec des yeux si froids que vous avez envie d'essuyer vos semelles sur leurs poils propres.

Je sais ce qu'il y a au fond de cette tourbe. Elle a finalement bien choisi sa ville : Curepipe sied bien à sa nature de fosse septique.

Dans les camphriers, les bengalis fous de pluie ont repris leur chorale. Ils ne me laissent pas en paix. Chaque fois que je commence à m'endormir, on dirait que tous les oiseaux de la terre le savent. Après ce sera les crapauds, ensuite les chiens. Une symphonie animalière, mais sans harmonie aucune. La nature est très surfaite. Protéger la nature des hommes ? Ceux qui ont les yeux ouverts savent, au contraire, que ce sont les hommes qu'il faut protéger de la nature. Mais, comme en toute chose aujourd'hui, il faut prendre à contre-pied l'enseignement de nos pères.

Les deux corbeaux femelles, là-bas, récitant leur litanie de rancunes, sont eux aussi une menace : ils représentent la vengeance des faibles.

Je me demande ce qu'elles se racontent. Des mensonges, encore des mensonges. Je devrais dormir, juste pour les emmerder quand elles viendront enfin me voir. Je pourrais faire semblant. Fermer les yeux, respirer bruyamment, et écouter ce qu'elles disent.

Après, je les ferai trembler en répétant très exactement leurs inepties.

Elles sont là. Elles me regardent. Elles ne parlent pas.

Elles ont une sorte de rire muet, à peine une ondulation de l'air que je perçois malgré mes yeux fermés. Ce rire contient une complicité nouvelle. Mais elles ne doivent pas s'unir. Elles doivent rester ennemies. J'ai besoin de les choquer l'une contre l'autre, sinon ce ne sera pas amusant du tout.

J'ouvre un œil. Elles se figent. La couleur déguerpit du visage de Kitty. Formidable pouvoir que j'ai sur elle. Elle a un geste de recul en s'apercevant que je la fixe des yeux. Une vieille de soixante-quatre ans, et toujours cet air d'enfant sur le point d'être tabassé. Je souffle entre mes dents, d'un ton chantant, viens, Kitty, Kitty, ma chatte. Elle est seule à m'entendre. Elle connaît par cœur cette mélodie-là, ma Kitty, n'est-ce pas? L'autre ne bouge pas, ne semble rien capter, silence radio comme disent les jeunes, suspendue dans sa bulle de nullité. Elle était déjà comme ça, enfant : elle ne comprenait rien, ses yeux étaient vacants, elle me regardait et j'avais parfois l'impression qu'elle ne me voyait pas, qu'il n'y avait rien derrière ce front plat. Je suis sûr que c'est une demeurée, disais-je. Kitty la défendait, sachant que c'était une bataille perdue d'avance.

Elle est intelligente, elle a peur de toi, c'est tout, disait-elle. Et pourquoi elle aurait peur de moi ? Parce que tu es toi. Je ne lui ai rien fait. Elle sait.

(Kitty a de ces phrases sans conséquence qui n'obéissent à aucune logique.)

Sa fille a fini par trouver le courage de s'approcher du grand-père mourant. Quelle bravoure ! Je te congratule, ma fille, lui dis-je. Tu as fini par te rendre compte que je n'allais pas te mordre ?

Non, je constate que le cancer n'a toujours pas eu raison de ta méchanceté, répond-elle.

J'en perds la voix. Jamais on n'a osé me répondre ainsi. Personne n'emploie ce mot honni en face de moi. Le sang afflue à ma tête. J'entends le gémissement de Kitty, qui regrette aussitôt de lui avoir demandé de venir. Je lui décoche un regard qui aurait dû la faire fuir, mais elle reste là, imperturbable. Une demeurée, je l'ai bien dit.

Regarde-le, dit-elle, se tournant à demi vers sa mère. Tu ne vois pas combien il est pitoyable ? Tu ne vois pas que c'est une loque qui ne peut plus te nuire ?

C'est ce que tu crois, ma fille. La loque a encore des ressources.

Kitty reste en arrière, défaite.

Laisse-le, Malika, dit-elle. Je ne veux pas le faire souffrir davantage, dans son état.

La fille mâchonne sa langue, plus bovine que jamais :

Tu ne changeras pas, toi non plus. C'est bon, je m'en vais.

Kitty lui serre le bras.

Tu as accepté de venir. Tu ne peux pas te défiler maintenant.

Je suis pris d'un fou rire qui se transforme en quinte de toux. Elles sont trop grotesques, et le niveau de la pièce est tel que je m'y attendais — navrant. Je ne m'ennuierai pas.

Kitty s'est précipitée. Elle verse, mains fébriles, de l'eau dans un verre. Elle se rapproche de mon lit pour me faire boire. Ce faisant, elle marche sans s'en rendre compte dans mon crachat. Elle traînera mon infection dans toute la maison, sous ses pantoufles, comme elle a traîné les griefs de toute une vie. Ma joie en est décuplée. Je bois une gorgée et me renverse sur mon oreiller, respirant aussi fort que possible pour faire entendre le grouillement des humeurs dans mes voies respiratoires.

Merci Kitty, dis-je. Je sais que tu seras toujours là pour moi, ma fille.

Ses yeux se mouillent ! Dieu du ciel, il n'y a vraiment pas de limites à la connerie. Kitty, la petite fille qui a toujours voulu croire à l'amour de son père, ô merveille de la paternité, joie de savoir que le souvenir de l'enfant sera toujours en soi avec ses rondeurs et ses moues ! Sauf que le visage qui me surplombe en ce moment n'a plus rien de la grâce de l'enfance. C'est un visage décati, trop pâle, aux ridules visibles, aux pommettes saillantes, à la peau parcheminée. Rien à voir avec la svelte élégance et la classe naturelle qui me sont restées, malgré les années. J'ai toujours pensé que j'aurais dû vivre en d'autres temps. En attendant, je dois exercer mes pouvoirs considérables sur ces deux piètres exemplaires d'une humanité qui se décompose debout.

Papa, je voudrais tant que nous puissions nous retrouver, me souffle-t-elle, s'alliant avec moi contre sa fille.

Je le voudrais aussi, dis-je, reproduisant précisément la tonalité de sa voix. C'est pour cela que je suis venu chez toi. Elle ne comprendra pas, elle ne pardonnera pas, je le sais.

Je l'aiderai à comprendre, je te le promets, répond-elle, fondant de soulagement de me voir aussi raisonnable. Nous pouvons profiter de tes... de ce temps qui nous est accordé pour défaire le passé.

Je suis certain qu'elle allait dire « de tes derniers jours ». Ce seront peut-être mes derniers jours. Mais défaire le passé ? Croit-elle que cela soit possible ? Mais ma pauvre fille, le passé est déjà fait, puisqu'il est mort. Il ne peut être défait, puisque les jours sont clos, les souvenirs rigidifiés, la mémoire pétrifiée dans ses formes terrifiantes. Comment peut-on croire que quoi que ce soit puisse être changé ? Ou vouloir y changer quelque chose ?

En attendant, une barrière transparente s'élève devant sa fille. Malika reste seule en ce lieu dont je suis finalement l'unique maître puisque j'en connais toutes les règles. Je suis prêt à jouer au prestidigitateur avec leurs souvenirs, à les faire apparaître et disparaître selon mes humeurs et mes caprices. Elles ne sont, elles, que de pauvres parodies ; des ébauches de quelque chose qui restera à jamais inachevé. Destructibles et friables, elles sont des poupées de chiffon contorsionnées selon mes besoins.

Oh Kitty, j'ai si mal, dis-je de cette voix geignarde et éteinte qu'ont les vieux sur leur lit de mort.

Je peux faire quelque chose ?

Peux-tu me masser les épaules ?

Bien sûr, Papa.

Tu es sûre que ça ne te dérange pas ?

Mais non, voyons, murmure-t-elle.

Je lui offre mon dos. Mes os me font vraiment souffrir. Elle s'agenouille sur le lit pour me masser. Mes yeux croisent ceux de Malika, restée près de la porte. Je lui souris. Elle se raidit. Ses yeux s'agrandissent de stupeur. Elle n'avait pas imaginé l'ampleur de ma duplicité. Mes épaules sont secouées par un nouveau spasme d'hilarité que Kitty prend pour de la douleur.

Je te fais mal ? demande-t-elle, anxieuse.

C'est mon corps qui ne supporte plus rien, plus rien du tout...

Maman, viens, sortons, je dois te parler, dit Malika.

Non, je dois d'abord m'occuper de lui, réplique Kitty.

Belle, belle coulée de mots... Cette nuit, je l'appellerai pour me masser. Cette nuit, je recevrai ses mains. Elles s'attaqueront, vertigineuses, aux nœuds de fatigue démultipliés à travers mon corps. Je lui dirai d'enlever mon pyjama et de me masser à même la peau. C'est ce qui me soulage le plus, même si ses mains n'ont plus la douceur qu'elles avaient jadis.

Je ferme les yeux et me souviens. Kitty, viens me masser les épaules, Kitty. J'enlevais ma chemise, assis devant mon bureau. Elle se mettait debout derrière moi. Je lui donnais des instructions précises. Ses petites mains hésitaient, puis se posaient sur mes épaules huilées par la chaleur de Port Louis. Elles hésitaient, puis glissaient sur les omoplates, sur la crête de l'épaule, sur le milieu du dos en appuyant, d'abord maladroitement puis avec plus de fermeté, sur les vertèbres. Je fermais les yeux et me laissais envahir par cette douceur. Si elle pouvait ne se résumer qu'à ces mains sur mon dos, je lui pardonnerais tout. Mais j'entendais aussi sa respiration, je percevais le tremblement de peur dans son corps, je voyais derrière mes yeux fermés sa face de bête prise au piège et je sentais la colère qui naissait dans mon abdomen en y répandant une chaleur dure. Mes cuisses se pétrifiaient, ma respiration devenait de plus en plus profonde et je savais que, lorsque ses mains auraient dénoué tous les nœuds et m'auraient enfin soulagé, je soulagerais, moi, ma rage d'homme sur la sangsue qui refusait de me libérer de moi-même.

Quand, le moment venu, je me retournais vers elle, les larmes coulaient déjà, silencieuses, sur ses joues. Je lui demandais alors, avec ce calme qui la terrifiait : Ne t'ai-je pas dit de ne pas pleurer pour rien ?

Ne t'ai-je pas dit de ne pas pleurer pour rien ?

J'ai posé la question à voix haute. Elle se projette littéralement hors du lit jusqu'à la porte. Stupéfait, je la regarde. Les douleurs un instant enfuies reprennent possession de mon corps.

Qu'est-ce qu'il y a ?

Son visage est déjà souillé de larmes.

Tu disais toujours ça... murmure-t-elle. Tu disais toujours ça. Je croyais qu'on essayait d'oublier.

Je ne sais quoi répondre. Je viens de perdre un sacré terrain.

Kitty, j'étais sincère... Je ne veux pas que tu pleures pour moi, ma petite fille. Je ne suis plus rien et je ne veux plus te voir souffrir pour ce rien que je suis devenu, c'est tout ce que je voulais dire, je te le jure.

Elle ne sait que faire. Essoufflée, traquée, échevelée. J'ai presque pitié d'elle. Je me demande avec un peu de curiosité légitime si elle va tomber dans un piège aussi grossier. J'en rajoute en soupirant et en feignant d'essuyer une larme.

Mauvais calcul. Elle secoue la tête, les narines pincées.

Ne fais pas semblant de pleurer. Tu n'as jamais pleuré, ni à la mort de ma mère, ni à la mort de ton chien. Je me souviens de chacun de nos instants et je n'ai jamais vu de larmes dans tes yeux. Ne joue pas à cela avec moi. Tu es incapable de pleurer.

Elle sort en claquant la porte. Je ne savais pas que j'avais

parlé à voix haute. La vieillesse m'a trahi. Foutue vieillesse ! C'est comme un pantalon qui se déchire au mauvais endroit pour révéler nos indignités. Mais je ne m'en fais pas, elle reviendra. Elle m'est toujours revenue.

Elle n'a pas les... Enfin, je me comprends.

J'essaie de dormir mais aussitôt le visage apparaît, tout proche du mien. Son souffle a une odeur d'épices rancies. Les orbites sont nues et pourtant habitées d'un regard invisible. La bouche s'ouvre sur des profondeurs colonisées par la vermine.

Cette image n'est pas réelle : la mère de Kitty a été brûlée, comme je le serai à ma mort. Son cadavre ne pourrit pas dans un cercueil mais s'est désintégré sur un bûcher de bois de manguier. Mais ce que je vois d'elle, c'est toujours cela : un corps à moitié décomposé, un visage qui n'a plus rien d'humain et qui reste pourtant reconnaissable dans toute sa beauté, cette sorcellerie de la nature féminine qui subjugue les hommes et qui perd son pouvoir aussitôt asservie dans un lit d'homme. Elles sont comme un palais aux infinies promesses où l'on ne découvre, une fois la porte enfoncée, que la vétusté et le vide.

C'est ainsi qu'elle m'a subjugué et m'a poussé à la conquérir à tout prix, même si elle aurait dû m'être inaccessible. J'étais un orphelin qui s'était construit tout seul. Elle était issue de la haute société. Mais j'étais médecin ; cela compensait tout. Au bout de longs mois de négociations avec ses parents, nous avons fini par avoir gain de cause. Elle s'est battue avec autant d'obstination que moi. Quand je l'ai ramenée chez moi, jeune épousée, j'ai pensé que le bonheur, cette chose inavouable, m'était acquis. Je croyais que ma femme serait comme cette côte d'Adam dont les chrétiens pensent que la femme est issue : indispensable, mais invisible.

J'entends sa haine calme comme le froissement d'un drap clair. Elle me sait à sa portée. Elle m'attend. Elle sait que je ne tarderai pas. Dans la nuit où il n'y a plus personne pour disperser les fantômes, je vis seul avec elle et une peur métallique se glisse en moi. Que se passera-t-il lorsque je mourrai ?

Je crois qu'elle chante une berceuse, mais je n'en reconnais ni les paroles ni la mélodie. Ça ne ressemble à rien, une voix d'outre-tombe, sauf, peut-être, à des étoiles fracassées. J'ai la vague impression que je devrais connaître cet air, qu'elle le fredonnait à voix basse pour calmer le nouveau-né dont les hurlements m'empêchaient de dormir. Mais la résonance en est sinistre, comme s'il ne contenait plus rien d'autre que les relents de ma colère.

Je sais que cette colère m'a conduit trop loin. Elle est, je l'admets, responsable de beaucoup de choses. C'était une source écarlate qui m'envahissait et m'interdisait toute retenue, tachant mes lèvres de son goût magnifique. Je ne pouvais frapper le bébé pour le faire taire, alors je frappais la mère. C'était normal. Il n'y avait pas à en rougir. Ce n'est que plus tard que les hommes sont devenus des mauviettes et que les femmes ont eu des droits.

Ce qui n'était pas normal, c'était qu'elle refuse, elle, l'ordre établi et s'engage dans cette guerre silencieuse contre moi. C'est cela qui nous a conduits à la destruction.

L'image originelle, ce vert de ses serments et de ses tenues, s'est faussée lorsqu'elle s'est barricadée dans le refus de m'obéir. Elle n'admettait même pas que je lui dise qu'elle était mauvaise cuisinière. Ce n'était pourtant que la vérité, rudement assénée, certes, mais qu'y avait-il d'extraordinaire à ce que je refuse de manger ce riz gluant, ce poulet élastique ou à moitié cru, ces légumes ensevelis dans une sauce trop salée ? Si vite, j'ai dû déchanter, comprendre que ce que j'avais attendu, les tendres constructions de la vie à deux, m'était interdit ; la vie conjugale n'était faite que d'illusions outrepassées. La beauté ne compensait rien du tout. Elle riait de ses maladresses comme une gamine. Elle avait déjà dix-sept ans et elle n'avait pas compris que la vie de couple n'était pas une plaisanterie. J'ai dû le lui apprendre avec des coups de poing. Quand pour la première fois j'ai fendu sa lèvre d'autre chose que d'un sourire, elle a commencé à comprendre.

Vive, délurée, maligne, la langue bien pendue, la gaieté féroce, quand je l'ai connue, elle avait quinze ans. Une femme en miniature, avec ses boucles d'oreilles longues, son diamant au nez, ses poignets fragiles, sa gourmandise de la vie, évidente dans la manière dont elle léchait une glace du bout extrême de sa langue rose. Une femme en miniature debout sous une averse de feux d'artifice, le nez levé au ciel. Elle ne ressemblait à aucune autre femme que je connaissais. Je n'avais jamais rencontré tant d'insouciance et d'abandon. J'avais vécu jusque-là dans le gris de la pauvreté et de l'ambition. J'ai su que je ne voulais personne d'autre qu'elle.

C'était le rire qui m'avait séduit. Et c'est le rire qui m'a dépossédé. Après notre mariage, il m'a été impossible de partager sa gaieté. Elle m'a paru fausse, un masque assumé exprès pour cacher ses nombreux défauts. Un trompe-l'œil. Quand on est femme, quand on s'apprête à être mère, on ne peut plus rire de la même façon. La gravité est un acte de dignité nécessaire.

La honte est venue sans que je m'y attende, avec une évidence si forte que je me suis étouffé sur le samossa que je mangeais à cet instant. Quand elle a ri en public à un mariage où nous étions invités, me cherchant des yeux comme pour partager ce moment de gaieté stridente, je n'ai pas souri en retour : je lui ai tourné le dos. J'ai continué à discuter politique avec les hommes qui m'entouraient. Notre anglais était artificiel et pompeux, maladroit et zozotant, mais nous nous sentions différents des autres. Nous parlions de la guerre récente dont les échos nous avaient secoués. Nous construisions l'avenir d'un pays pas encore indépendant. Nous chasserions les Anglais de notre petite île, nous serions les pionniers, nous marcherions sur les traces de Nehru et de Gandhi, nous aurions notre route du sucre pour faire écho à leur route du sel. Pendant que je parlais, je sentais dans mon dos, sur ma nuque, la griffure de son regard. Elle m'enjoignait de me retourner. Je sentais sa fureur d'être ignorée. Cela a renforcé ma détermination : elle ne me plierait pas à sa volonté. J'ai résisté à l'envie de la regarder. Cela a été ma première victoire.

Je la vois encore, ce jour-là, vêtue d'un sari jaune, transparent, aux paillettes d'or. Jaune de feu soyeux qui seyait parfaitement à son teint chaud et à ses cheveux noirs. Ce jour-là, elle les avait relevés en chignon sur sa nuque. Elle portait des bijoux coûteux offerts par ses parents. Quand nous sommes arrivés, j'ai vu que tous, hommes et femmes, la regardaient. Elle faisait sourire les vieilles, qui disaient qu'elle ressemblait à l'actrice Soraya. Mais elle était plus belle que Soraya. Elle était une flamme ambulante sur ses sandales à talons hauts. J'ai fait semblant de ne pas remarquer les regards, je me suis comporté comme s'il était tout à fait normal pour moi d'arriver avec elle à mes côtés. Au moment où nous sommes entrés dans la salle, elle s'est rapprochée de moi et m'a effleuré le bras de son épaule nue. Cette proximité, avec sa légère odeur de jasmin et de sueur, m'a embarrassé. On n'affichait pas ainsi les rapports entre homme et femme. Je me suis écarté, humilié par ce geste trop intime.

Et ensuite, plus tard, il y a eu ce rire qui a retenti à travers la salle, qui m'a saisi et qui est entré dans mes oreilles comme un clou. Et alors, cette honte m'a étouffé, a fait résonner dans mes oreilles les pensées des gens autour de moi aussi clairement que s'ils les avaient prononcées : voilà ce que c'est que d'épouser une femme trop belle, disaient-ils, il a épousé une poupée qui le mène par le bout du nez, ricanaient-ils, il fait le fier mais en réalité, c'est un *henpecked husband*, murmuraient-ils. J'ai pincé les lèvres et les narines et je ne l'ai plus regardée de la soirée. Quand on est rentrés, elle a senti la colère que je retenais à deux mains comme une chose sauvage. Ses talons claquaient de peur sur les rues pavées de la capitale. Elle a eu la sagesse de ne rien dire. Une fois à la maison, elle est allée se coucher très vite. Au milieu de la nuit, je l'ai entendue renifler et ma colère s'est évanouie. Je l'ai prise dans mes bras et j'ai senti son soulagement euphorique. Au bout de notre accouplement, elle s'est permis de rire à nouveau. Mais ce rire-là n'avait plus aucune magie. Je ne lui trouvais aucun attrait.

Quand pour la troisième fois consécutive elle a brûlé les lentilles et trop cuit le riz, quelque chose en moi s'est fissuré. Il y a eu une sorte de fusion métallique dans mon ventre, comme une montée de désir ou peut-être de lait pour les femmes, c'était aussi organique que cela, mais ce n'était pas du désir, au contraire, c'était une extraordi-

naire haine blanche dont l'odeur même était masculine et fécale.

Elle a posé le plat malodorant devant moi.
Contemplant la masse glutineuse, blanc du riz
désintégré, brun des lentilles carbonisées, j'ai été
stupéfait qu'elle ait pu penser que j'accepterais
de manger cela. Elle s'est penchée, faisant en
sorte que sa longue natte se balance exprès devant
mon visage. Elle souriait, ne me regardant même
pas, sûre de son fait, certaine que je me laisserais
prendre à son jeu. Il y avait de la duplicité dans
ce sourire. Peut-être aussi du mépris. J'ai serré
les mâchoires jusqu'à entendre craquer mes
dents, et une poudre de porcelaine s'est échappée
de mes molaires. Elle était penchée, le sari écarté
de sa petite poitrine. Sa natte se balançait encore
devant moi, si épaisse que si j'y refermais la main
elle remplirait totalement ma paume, un corps
noir, onduleux, sinuant, se déroulant jusqu'à
terre. Presque sans réfléchir, je l'ai saisie, cette
natte qui me narguait, glissement, crissement de
ses cheveux sur la peau fine de ma main, et j'ai
tiré si violemment que sa tête est venue heurter la
table tout près de l'assiette avec un bruit nu. J'ai
tiré encore et encore, comme sur la corde d'un
carillon, ne me rendant même pas compte
qu'après le premier cri de surprise elle n'avait
plus crié ni protesté.

Je dois avouer qu'à ce tout premier acte que je
dois par honnêteté qualifier de violent il y a eu en
moi comme une éruption d'un bonheur triom-
phal, si riche et si chaud que cela m'est tout de

suite monté à la tête. Je me suis senti libéré de tout un poids de faux-semblants. Toute la tension que je ressentais s'est dissipée. Mes os ont craqué sous l'effort, mais le soulagement qui a suivi était si intense que j'ai eu l'impression que mes vertèbres s'étaient dénouées, qu'elles étaient faites d'air, que l'instant d'après je flotterais, m'élèverais dans les airs et me dissiperais dans un état de parfaite légèreté. J'avais la main encore serrée autour de sa tresse et je continuais à lui marteler la tête contre la table, mais mon esprit était ailleurs, mon esprit riait, libéré de ses angoisses. Je me rendais compte que, désormais, cette femme ne pouvait plus me tourner en bourrique.

Quand je l'ai relâchée, elle avait au front et sur la joue des plaques rouges qui vireraient bientôt au bleu. Sa lèvre était fendue de ce sourire terrible qui n'en était pas un. Ses yeux étaient énormes. Elle me regardait comme si, malgré les signes visibles et la douleur qu'elle devait ressentir au visage, elle ne pouvait croire que cela s'était vraiment passé. Elle est restée ainsi, debout devant moi, minuscule, avec ce visage écarlate et cette goutte de sang au bord de la lèvre. Je l'ai regardée avec un petit sourire et j'ai attendu. Elle s'est mise à trembler. Alors, je lui ai pris le bras, doucement, je l'ai attirée sur mes genoux et je l'ai laissée pleurer. Quand elle a été épuisée par ses propres larmes, je lui ai dit, lui caressant les cheveux :

La prochaine fois, tu feras attention au repas.

Je n'ai pas eu besoin d'ajouter, sinon je t'arracherai cette natte.

Bien plus tard dans la nuit, moi aussi je me mettrais à trembler, secoué par la finalité de mon acte. Mais c'était un tremblement qui ressemblait au plaisir et non à la peur.

Aujourd'hui encore, en y pensant, j'éprouve cette intime consolation du geste. Personne n'a su expliquer cela, mais c'est la vérité : la violence est une grâce.

Je vois tous ses visages en même temps : visage d'enfant, visage de vieille, visage de morte, visage de *daïne*, visage de chienne, visage du temps effacé, visage de toutes les boues figées.

La voyant ainsi sous toutes ses formes, quelque chose tressaille en moi. Je crois que j'arrive encore à bander, miracle, en pensant à ma femme morte depuis si longtemps. C'est surtout quand je l'imagine telle qu'elle était avant. Avant que le mariage la rende imbuvable et transforme son charme d'oiseau en besoins de rapace.

Je pense à son corps d'enfant, tout mince, au petit ventre rond, et ses seins fragiles comme une tête de nouveau-né. Ses pieds parfaits dans leurs sandales à lanières. Je pense à elle le soir des noces, friable, timorée et attentive, remplie d'un amour trop tenace pour être longtemps supportable. Douceur de sa peau. Noirceur de ses cheveux, partout. Sa bouche embrassée pour la première fois, goût d'épices et de virginité.

Je l'ai aimée, alors. J'étais prêt à tout lui donner.

Et puis le soleil dur du matin qui éclaire une poupée inutile, endormie avec tant d'abandon dans le corps, dans les jambes, que j'en suis effondré. À demi redressé dans le lit, je la vois, longée par la blancheur de Port Louis. Froidement offert au regard, cet espace étrange, gris-rouge, qui me paraît d'un seul coup si animal et si laid que la femme s'efface et se résume à ces seuls orifices. La chaleur et les ébats de la nuit passée les ont enrobés d'une odeur de pelage mouillé. Je la recouvre d'un drap. Elle se retourne vers moi, s'étire, inconsciente de ma découverte, met ses bras autour de mon cou, m'attire vers elle. Quelque chose se déchire. Comment une si jeune femme peut-elle si bien maîtriser la séduction ? Sont-elles ainsi faites, dès la naissance ?

Cette image d'elle, renversée sur le lit blanc, désordre de ses membres ponctués d'aires sombres, me poursuivrait désormais. Ma parfaite jeune épousée avait disparu en une nuit.

Je n'ai plus le temps. Je dois tout ranger, tout classer, tout trier. Je n'ai jamais pris la peine de remettre de l'ordre dans tout cela. À quoi cela aurait-il servi ? J'ai vécu une vie exemplaire, mais toutes ces femmes en ont déformé le sens, altéré la droiture. J'avais tant de choses à leur apprendre. Elles n'ont pas compris que j'étais un héros.

Et maintenant, les vivantes complotent. Leur chapelet de murmures devrait, s'il y avait une justice en ce monde, s'enrouler autour de leur cou et serrer très fort. Je ne sais plus quelle heure il est. Il y avait bien une pendule dans la chambre quand je suis arrivé, mais son tic-tac m'empêchait de dormir. Ma montre est sur la table à côté du lit. Je n'ai pas la force de la saisir. Quelle importance? L'heure fuit, c'est une évidence. Jamais le temps ne nous a fait des faveurs et ne s'est arrêté pour nous.

Ce vieux corps vit encore. Je commence à avoir faim et soif. Il ne faudrait pas qu'elle tarde à m'apporter mon repas. Le corps réclame ses plaisirs, les bonbons enroulés dans leur papier d'or, les crèmes qui calmeraient le lancinement d'une peau trop fine, le parfum d'une chevelure dans laquelle la nuit se serait recroquevillée. Je renifle, mais aucune odeur de cuisine ne me parvient pour calmer ces envies aussi légères que des doigts sur ma bouche. La pensée du repas de ce matin me ramène à une triste réalité : non moulinée, la soupe contenait des morceaux de potiron qui se sont coincés dans ma gorge alors qu'elle aurait dû être une riche décoction de saveurs. Je lui ai demandé de la fricassée d'aubergines pour le repas du soir; j'aurais déjà dû sentir l'oignon sauté et les cubes d'aubergine pourpre fondant lentement dans l'huile pimentée, mais jusqu'ici, rien. Piments, épices, oignons, légumes, huile, éloquence des cuisines, langage précis et secret des femmes qui y plongent leur vertu et leurs sourires, mais pas ici, et pas là-bas, dans ma maison de Port Louis. Autrefois, on donnait aux vieux une mixture infâme appelée arrow-root, qu'on prononçait « arouroute ». On leur disait que cela leur redonnerait des forces et puis, vous savez, aucun problème de mastication et d'évacuation. Mais la vérité était que les brus qui servaient cela à leurs beaux-parents vieillissants se réjouissaient de leur enlever petit à petit cet unique et dernier plaisir qu'est la bonne nourriture. C'était leur maigre vengeance de brus après une vie de petites mesquineries. J'espère que Kitty ne fera pas cela. Si elle l'ose, je le lui renverse sur la tête, comme la fois où. Que j'ai envie de cette fricassée ! Mon ventre gargouille rien que d'y penser.

Mais Kitty n'est pas une bonne cuisinière. L'absence de talent, ça se transmet aussi. Malika, oui. Je me souviens de ce succulent biryani nappé d'arômes qu'elle avait préparé pour l'anniversaire de sa mère, du temps où elles se parlaient encore. J'étais passé voir Kitty et j'étais resté à dîner, attiré par l'odeur de safran, de cardamome et d'agneau mijoté. Malika m'a demandé si c'était bon. Mangeable, ai-je répondu. Elle ne l'a pas bien pris. Elle a été tentée de me répondre avec insolence, je l'ai vu à sa lèvre froissée sur un début de réponse, mais elle a croisé le regard perpétuellement moribond de sa mère et n'a rien dit. Après le dîner, quand nous avons commencé à nous disputer, Kitty et moi, Malika est partie en emportant son parfum délirant de nourriture chaude. Je vous laisse à vos amours, a-t-elle dit. Elle n'avait pas son pareil pour dire les choses les plus inconvenantes avec une telle légèreté.

Quand la porte s'est refermée, Kitty avait le visage plus gris que ses tentures fanées.

Pauvre Kitty! Incapable de la moindre distance, aucune ironie, aucune défense. Croulant sous le poids d'une culpabilité qu'elle assumait toute seule — on ne lui avait rien demandé.

J'ai tranquillement terminé le verre de whisky qu'elle m'avait servi et je lui en ai demandé un autre.

Sers-moi encore un whisky, Kitty.

Le Chivas, celui que je préfère.

Tu n'as pas sommeil, ma fille?

Non, Papa.

Le Chivas roule sur ma langue, sous ma langue, brûlure, douceur, je ferme les yeux, je le savoure et j'attends la sensation plus forte encore qui s'ensuivra.

Non. Fermer la porte à tout cela. Pourquoi toujours me tourner vers le passé? Parce que je n'ai plus d'avenir.

Amère lucidité. Pourtant, je n'ai jamais vraiment cru à ma propre mortalité. J'avais envisagé une lointaine échéance, qui ne viendrait que lorsque la mort me semblerait, pardonnez l'expression, plus baisable que la vie. Je n'imaginais pas que cela viendrait comme ça. Une lente progression qui vidange mon corps de sa vitalité. Les liquides qui partent par les soupapes ouvertes. Bon Dieu, ce qui peut sortir de ces trous dont nous sommes munis une fois qu'ils ne sont plus bouchés comme il faut ! Ce que je récolte de moi-même sur mes draps ! L'ignominie de cette déchéance m'use encore plus les nerfs et les chairs. Je me renifle et ne perçois plus une odeur d'homme mais de viande avariée, pas encore tout à fait pourrie, mais déjà filandreuse et dégoulinante. Moi, si propre et bien mis, je ne peux me résigner à être vu que par Kitty. Et par son espèce de fille, bien sûr, qui n'a aucune importance.

Ce que Kitty pense de moi est secondaire. Kitty ne mérite pas qu'on s'y attarde. C'est une effacée de naissance. Si sa mère était une flamme, elle n'a jamais été, elle, qu'un pétard mouillé. Quand sa mère est morte, elle a pris sa place dans ma vie, mais plutôt comme un animal de compagnie. Ainsi elle ne pouvait avoir trop d'exigences. Je n'avais pas besoin d'un autre fardeau.

Personne ne comprendra tout ce que j'ai fait pour elle. Je lui ai donné un nom. Elle était la fille du Docteur, non, du « Dokter », prononcé avec cette emphase mélodieuse sur la dernière syllabe qui représentait l'accomplissement ultime pour ces minables.

Ah, le Dokter ! Ce demi-dieu dont même les proches étaient auréolés d'une lumière par procuration ! Le Dokter possédait toutes les réponses, détenait les clés de toutes les guérisons. On s'accrochait à lui à la naissance de l'enfant et à chaque âge de ces précieux rejetons qui avaient tant de mal à survivre aux rougeoles, aux dysenteries, aux gastro-entérites, à la poliomyélite, au paludisme et à toutes les infections qui les guettaient comme de mauvais esprits dès le berceau. En vieillissant, ils devenaient encore plus dépendants du Dokter-Dieu. Rhumatisme, diabète, malnutrition, ulcères, hypertension artérielle, la cohorte de pathologies ne cessait de grandir, et les maladies qu'on ne savait expliquer tuaient les gens d'un mal qu'ils résumaient en une phrase : arrêt du cœur.

S'il échouait, on ne lui en tenait pas rigueur : la mort était entre les mains de Dieu — arrêt du cœur. Mais la guérison et la vie, elles, venaient directement du Dokter. Quoi d'étonnant à ce qu'il se sente investi d'une sorte de toute-puissance ? Il faisait de moins en moins de concessions à la bêtise de ses patients. Il en perdait, petit à petit, le sens de la compassion. Ce n'était pas par orgueil. Mais le Dokter était amené à voir la face la moins ragoûtante des gens, leurs fesses, leur graisse, leurs os, leurs furoncles, leurs abcès, leurs maladies imaginaires, leur pitoyable complainte de vie qui finissait par devenir un chant de mort, une fois parvenus au bout du chemin. Je pouvais percer leurs abcès et libérer le pus qui leur infectait la chair ; mais celui qui emplissait leur esprit ? Je tentais bien au début d'éclairer ces esprits fermés, cet obscurantisme forcené de l'époque, mais à quoi bon ? Ils étaient incurables, malgré les efforts du Dokter-Dieu. Incurables et irrachetables, impossible rédemption des animaux égarés dans un corps humain auquel ils n'auraient pas dû avoir droit.

Au bout de quelques années, mes diagnostics étaient presque infaillibles. La connaissance alliée à l'intuition me conférait une sorte d'omniscience. Je pouvais lire les têtes et les corps ; ils me croyaient doué d'une deuxième vue. Peut-être était-ce vrai. Toujours est-il que, dans mon quartier de Port Louis, j'étais entouré d'une vénération que je percevais comme une vibration autour de moi quand je marchais dans les rues, parfois inconsciemment voûté par mes préoccupations. On me glissait dans la main un sac de fruits ou de légumes, les mains étaient tendues vers moi, les regards presque étouffants de dévotion. Je leur répondais avec rudesse, c'était devenu une habitude, mais quelque chose en moi explosait malgré tout d'une joie muette. Je ne pouvais me sentir blasé. J'avais besoin de cette nourriture-là pour vivre. Surtout après sa mort.

J'avais parfois l'impression d'avancer sur un tapis de fleurs vénéneuses que mes patients déposaient à mes pieds : elles m'enivraient de leur parfum mais m'empoisonnaient de leur souffle. Ce n'étaient en fin de compte que les fleurs du flamboyant qui s'éparpillaient sous les rares brises de Port Louis. Ces chemins que je suivais nuit et jour, généralement à pied parce que je ne pouvais me permettre l'achat d'une voiture, je les connaissais si bien que je les parcourais l'esprit ailleurs, rongé par le doute et par la colère qui grandissaient en moi. Plus les gens de l'endroit me respectaient, plus je me sentais dévalorisé par cette femme que j'avais si difficilement conquise

41

et qui était partie avant que j'aie pu la résoudre. Il ne me restait entre les mains qu'un peu de sa cendre infâme, et cette fille qui me suivait partout comme un chien.

On me réveillait à toute heure de la nuit. On me consultait à tous les coins de rue. Les conversations tournaient autour des corps et des fonctions biologiques, comme s'ils se complaisaient tous à contempler l'abîme de décomposition potentielle dont ils étaient constitués. Et, toujours, leur regard m'offrait des fleurs tandis que de leur bouche sortait le poison.

Comme si la nuit exaspérait les blessures, mes patients m'appelaient à des heures impossibles. Je devais réveiller Kitty pour l'emmener avec moi. Je n'avais qu'à dire son nom pour qu'aussitôt elle se mette debout, le visage fripé, les yeux encore fermés. Je lui disais de s'habiller, vite. Elle s'habillait, vite. Elle mettait sa robe à l'envers, frissonnant d'un froid imaginaire. Par les fenêtres ouvertes entrait une brise noire traversant les fougères. C'était une odeur presque humaine, imprégnée des cellules humaines par lesquelles elle était passée, charriant de lourds effluves de boucherie. Kitty reprenait lentement conscience en sentant cette odeur qui la faisait frémir. Elle n'avait pas le temps de se coiffer et ses cheveux défaits s'étalaient en une masse désordonnée autour de son visage. Peu m'importait. Je l'entraînais dans la nuit.

Les chemins sinuaient devant nous, longue marche, moi avec ma mallette dans une main, la main de Kitty dans l'autre, l'une ma source de vie, l'autre un boulet dont je ne me débarrasserais jamais. Rues moribondes de Port Louis, crasseuses, lézardées, longées de vies si pitoyables que je me demandais à quoi cela servait de sauver tant de gens inutiles. Et pourtant, j'y allais, parce que c'était mon devoir et ma raison d'être. J'y allais. Je laissais les murs, les trous, les prostituées, je me sentais comme le seul ange parmi ces ombres démoniaques, je volais au-dessus de la ville au secours des autres.

Les familles des patients recevaient Kitty comme une princesse de porcelaine qu'elles osaient à peine effleurer de leurs gros doigts. On s'apitoyait sur elle, sur sa mine ensommeillée. On lui donnait du lait qu'elle refusait d'une petite voix parce qu'elle n'en buvait jamais. Si on insistait, elle prenait la tasse et la tenait dans ses mains sans boire, attendant que je sois prêt à partir pour la poser discrètement sur la table. Une fois, elle s'est endormie ainsi, assise sur une chaise raide, un verre de lait entre les mains. Le lait s'est renversé sur elle et par terre. Elle n'a rien dit; elle est restée immobile, regardant sa robe mouillée, incapable d'appeler ou de s'excuser. Quand je suis sorti de la chambre du malade, épuisé, je l'ai trouvée ainsi, catatonique, la robe détrempée et une flaque de lait à ses pieds. Ce regard bovin m'a tellement énervé que la gifle est partie, si forte que Kitty a basculé comme un mannequin de bois.

J'étais un père plutôt attentif. Mais j'attendais

d'elle un minimum d'intelligence, un éclair d'esprit qui m'auraient rendu fier d'elle. Au lieu de quoi, cette bouche à moitié ouverte, cette lèvre réduite à un pleur figé. Au lieu de quoi, cette flaque blanchâtre à ses pieds comme un épanchement muqueux. Les gens ont émis des reproches affectueux, ce n'est qu'une enfant, Dokter, elle n'a pas fait exprès, la pauvre petite, mais je voyais bien à leur regard coulé qu'ils se disaient, comme quoi, même un demi-dieu peut avoir une attardée pour fille. Ces sous-entendus, je ne les supportais pas. J'ai pris Kitty par le bras, je l'ai traînée tel un ballot de charbon et je l'ai obligée à aller au lit avec ses vêtements collants de lait sucré.

Au matin, elle m'a réveillé avec des cris de terreur parce qu'elle était couverte de fourmis. J'ai dit qu'elle avait de la chance que ce ne soient pas des fourmis rouges, car celles-ci lui auraient tout bonnement mangé les fesses (j'avais déjà vu des prurits monstrueux causés par leurs piqûres). Cela m'a rendu ma bonne humeur et je l'ai laissée danser et sautiller sur place pendant quelques minutes pour tenter de se débarrasser des fourmis qui grouillaient sur elle, avant de l'emmener sous la douche. Elle a regardé, pétrifiée, la cascade de fourmis entraînées dans la bonde, on aurait dit qu'elles étaient nées de son propre corps. La tragédie n'était jamais bien loin d'elle.

Il faut dire que les peurs de Kitty étaient si intenses qu'elles se transformaient en symptômes physiques. Aujourd'hui, on appelle cela des affections psychosomatiques. À l'époque je me disais qu'elle jouait si bien la comédie qu'elle arrivait à tromper son propre corps. C'était la même chose, en fin de compte. Elle parvenait à se faire son cinéma pour se donner de l'importance, se terrassant de maladies qui l'empêchaient de grandir et de se développer. Elle menait une bataille rangée contre elle-même, mais en réalité, c'était contre moi qu'elle en avait. Eczémas, allergies, fièvres intestinales ; c'était sa manière sournoise de me défier. J'avais fini par comprendre très précisément le langage de son corps.

L'unique expression dans les yeux de Kitty était celle de la défaite. Elle n'était pas née pour conquérir mais pour nourrir l'échec comme un enfant chéri. C'était ça, le seul enfant que le destin avait consenti à me donner. L'autre, qui aurait peut-être été tel que je le désirais, était mort.

Je me réveille dans la nuit, la tête confite, la bouche en compote. Il fait noir dans la chambre. La désorientation est totale. Je ne sais plus quelle heure il est, où se trouve cette chambre, comment je suis arrivé là.

J'entends le vent qui siffle, dehors.

Même vent, exactement le même que le vent de la vache mourante, cet autre soir-là, dans l'immensité d'un champ de canne gelé de lune, les quatre pattes sectionnées avec une netteté chirurgicale par des laboureurs en grève contre les propriétaires des usines sucrières. Cela se voyait qu'ils avaient l'habitude de trancher les cannes juste au-dessous du premier nœud. La vache était agenouillée dans un champ. Elle léchait le sang qui glissait de ses blessures. Une vache agenouillée au visage de jeune mère. Je l'ai aidée à mourir d'une piqûre de morphine. Après, il ne m'en restait plus assez pour soulager la souffrance d'un homme dont je devais soigner la jambe. À cet instant précis, face à ses yeux impossibles, le choix ne m'a pas semblé difficile. Après, je me suis demandé si cela avait été le bon. Je n'en sais rien : ces souvenirs sont si lointains qu'ils pourraient appartenir à quelqu'un d'autre.

C'est peut-être la vérité : tous ces nous dispersés dans le temps ne sont pas les mêmes, chacun est un autre homme, avec ses convictions et ses doutes, et on ne le connaît pas.

Des bourrasques font trembler la maison. Grincements, crissements, craquements, on dirait un tremblement de terre. Il y a de l'eau qui goutte, quelque part, dans une bassine métallique.

Je suis seul.

Je suis seul. Suis-je encore vivant ? La mort est-elle ce souffle amer du vent dans les bardeaux ?

Mais je sens l'odeur de mon corps. Je me dégoûte. Je ne suis plus un homme. Je me décompose et mon esprit est vivant — la dernière conspiration du corps contre soi. Il n'y a pas de mort préférable à une autre. Toutes sont également cruelles et arbitraires. Toutes contredisent la nécessité de l'existence. Tant d'effort pour vivre, et aboutir à cette ultime inutilité. L'accumulation de désirs, d'exigences, de passions, de colères, de grandeur et, à la fin, ceci : une masse immonde dans un lit qui devient le seul monde connu, le seul espace reconnu, pas de géographie, pas d'histoire, pas de passé, pas de futur, pas de certitude, pas de foi. Le grand inconnu.

Petit à petit, je reviens à moi. Je sais enfin qui je suis et où je suis. J'ai faim et je ressens un besoin pressant. Que fait-elle ? Pourquoi ne vient-elle pas ? Je tends la main vers la clochette qu'elle a posée sur la table de chevet. Cette main osseuse, ce poignet d'enfant squelettique m'horrifient. Je la vois, comme si elle était séparée de moi, saisir la cloche et tenter de la secouer. Je suis si faible que le tintement m'est à peine audible. Je dois me faire entendre. Il y va de ma survie.

Je prends une grande respiration et un cri, désespéré, s'échappe de ma gorge.

Kitty !

Kitty !

Kitty !

Et si elle ne venait pas ?

La solitude est un cafard entré dans mes veines et qui circule à présent dans mes organes. Je n'ai jamais été seul de ma vie, sauf juste après la mort de ma mère. J'étais encore un adolescent. La regardant avant sa crémation, ses yeux fermés me refusant la moindre consolation, j'avais compris que plus personne ne m'aimerait comme elle. Plus personne ne serait prêt à s'arracher le cœur pour moi de ses mains nues et de ses ongles cassés comme elle l'aurait fait, elle qui vendait des patates douces à côté du marché pour payer mes études. Mère, cheveux blancs dès trente ans, laide des poussières noires de la ville, de la vie accumulées dans ses rides, lourde des sédiments de désirs non exaucés, elle ne me verra pas devenir médecin. Elle est morte avant. J'éprouve parfois une rancune légitime envers ces martyrs du sort : l'unique événement consolateur de sa vie et elle le rate. Les gens m'ont dit que ce n'était pas écrit dans les lignes de sa main ni dans la forme de ses oreilles. Je n'en croyais pas un mot. Elle avait laissé suffisamment d'argent de côté pour que je puisse partir. Mère aux yeux de sainte détruite que j'ai retrouvée plus tard dans la vache agenouillée sans la reconnaître. Après, j'ai compris que ce vide creusé là, au milieu de mon corps, devait vite être rempli sinon je ne pourrais pas vivre. Difficile de marcher avec un trou en son centre. Je me suis entouré de gens pour ne pas le voir. Je passais mes nuits à mémoriser les plus grands textes. Je forçais l'admiration en étalant mon savoir. Je me recréais, en plus grand, en plus spacieux, pour qu'on ne voie pas le vide. Avant, je me tassais sous le sentiment de ne pas appartenir. Après, j'ai compris que ce qui comptait pour les autres, c'était la façade. Alors, je l'ai cultivée ; l'apparence des mots, l'apparence du savoir, l'apparence de la confiance, l'apparence des épaules carrées malgré ma petite taille, l'apparence d'une personnalité et d'une aura d'importance. J'aurais aussi bien pu dire « l'illusion ». Et j'ai compris aussi qu'à force d'y croire, cela pouvait devenir la vérité : tout cela, c'était bien moi, tel que je me voyais dans le miroir des autres. J'ai forgé la réalité de mon mensonge, une métamorphose si violente et si complète que je n'ai plus jamais repris contact avec cet adolescent qui avait pleuré sa mère dans les cabinets sales en la suppliant pendant des jours de revenir.

Je ne supporte pas cette maison qui me replonge dans une solitude ancienne et malodorante.

Ses craquements et ses gémissements sont insupportables. Une maison qui vous assène la fin des choses à la figure avec une violence si tranquille, il faudrait la démolir.

Enfin, enfin, quelqu'un vient. Des pas mesurés, mais fermes. Pas Kitty, hélas. La porte s'ouvre : Malika. Grande comme aucun de ses ancêtres, lourde, épaisse de sa colère. Elle porte un plateau.

Elle allume la lumière. Mes yeux explosent. Elle pose le plateau sur la table de chevet. Elle se penche vers moi et, à son expression concentrée et néfaste, j'ai la conviction qu'elle va m'étrangler. Je m'enfonce dans mon oreiller, dans le matelas, je tente de me dérober à ce regard d'assassin.

Elle rit. Un rire d'homme, étrange. Sa voix a toujours été d'un ton trop grave, comme si un étranger habitait à l'intérieur de son corps.

Tu as peur de moi ? dit-elle.

À ces mots, je me ressaisis. Je n'ai jamais eu peur de qui que ce soit de ma vie.

Pour avoir peur de toi, dis-je, encore faudrait-il que tu existes.

Raidissement de ses muscles, de ses parois, de ses parties intimes. J'ai visé juste, et ma bouche fait une petite danse de guerre. Je continue :

Ma pauvre fille, tu sais bien que tu n'es rien. Qui es-tu ? Où es-tu ? Allô ? Allô ? Il y a quelqu'un ? Qui en ce monde connaît Malika ? Reconnaît-on le visage d'un courant d'air ?

Je la vois derrière sa paroi de verre, une larve de quelque chose qui tente de fuir en bandant ses muscles élastiques. Je vois les échardes de mes mots qui se fixent en elle, qui s'accrochent à sa chair, les barbelés qui arrachent de minuscules parcelles de sa dignité. Elle s'efforce de se reprendre, la pauvre, mais je ne lui en donne pas le temps.

Kitty m'a dit que tu t'es fait virer de ton boulot. Ce n'était pourtant pas si difficile, enseignante d'école primaire ! Je sais qu'on ne gagne pas grand-chose, à peine de quoi se nourrir, mais c'était un boulot quand même, c'est dommage que tu ne sois même pas capable d'instruire des petits cons d'un village côtier, c'est triste, un tel échec, non ? Tu m'entends ou il n'y a vraiment plus personne à bord ?

Une fois l'élan pris, je n'ai aucun mal à l'aplatir au bulldozer. Le sable, les salines, l'école minable où elle travaille, les petits qui n'ont aucune, mais aucune idée de ce à quoi ça sert, la grammaire, la dictée, la rédaction, professeur de français à Case Noyale, je vous demande un peu, Case Noyade, voilà comment je l'appellerais, moi, ce village de pêcheurs où les enfants font l'école buissonnière, non pour s'amuser mais pour aller en mer avec leur père, pour rapporter du poisson, pour manger, pour survivre. Allez leur apprendre le subjonctif et vous saurez à quoi ça sert, une institutrice à Case Noyale, alors que ces gamins en savent bien plus qu'elle sur la survie, ce qui fait qu'on bascule dans la mort ou dans la drogue ou dans un trou à rats, et elle a choisi d'aller là, pensant qu'elle pouvait leur lire *Le Petit Prince* et qu'ils apprendraient quelque chose de plus, que cela grandirait leur esprit, une rose, un renard qu'on apprivoise, n'est-ce pas émouvant mes chers petits, la vie est autre, mais elle n'a pas compris que c'était elle qui pouvait recevoir d'eux des leçons de vie alors qu'elle avait vécu étroitement emmaillotée dans un cocon appelé Kitty.

Case Noyale. La grande épaisse Malika y va, son cartable d'illusions sur le dos, et la grande épaisse Malika en revient, virée pour... Pourquoi d'ailleurs ? Qu'a-t-elle fait ? Cela m'intéresse.

Pourquoi t'ont-ils virée ?

Elle ne répond pas. Elle me tourne le dos et se dirige vers la porte.

Attends ! Réponds-moi ! Pourquoi t'ont-ils virée ?

Elle s'arrête. Elle se retourne, souriante. Ce sourire m'inquiète. Elle fait un pas vers moi.

Tu veux vraiment le savoir ? demande-t-elle.

Quelque chose me dit que, si elle me demande cela, c'est que je n'en ai pas vraiment envie. Mais je ne réponds rien, trop curieux pour l'empêcher de parler.

C'est parce que je vis avec une femme, poursuit-elle.

Je reste sans voix. Les mots parviennent à mes oreilles, font leur chemin jusqu'aux tympans, le marteau et l'enclume et l'étrier se mettent en branle, puis re-sautillement primesautier jusqu'à mon cerveau où, titillant les neurones aux endroits précis qui commanderont la production d'une quasi-overdose d'endorphines et de sérotonine, ils explosent en une bouffée de joie sismique.

Alléluia ! La fille de Kitty est lesbienne ! Pouvais-je espérer meilleure vengeance contre ma fille ? Comme ça a dû lui faire mal, à Kitty, comme ça a dû la ronger et la faire saigner de honte par tous les pores ! Que la vie est douce ! Je mourrai serein : le bonheur grelotte à portée de main.

Mais elle ne semble pas confuse. Au contraire, elle continue :

Après tout, puisque cela t'intéresse, je veux bien t'en parler. Elle s'appelle Marie-Rose Patience. C'est un joli nom, tu ne trouves pas ? Oui, elle est bien belle, et elle est bien patiente, ses yeux sont lourds de toute la patience dont elle a eu besoin depuis sa naissance pour être et grandir et devenir celle qu'elle est. Oui, mon admiration est comme au premier jour, lorsqu'elle est venue travailler dans cette école, enveloppée d'un châle qui cachait sa misère, qui cachait son corps, qui cachait sa générosité et sa tristesse. On nous a virées toutes les deux dès que la chose a été sue, mais nous allons ouvrir notre propre école et instruire comme il faut ces enfants des côtes, tellement négligés. Et au fait, grand-père, tu sais avec quel argent nous comptons la créer, cette école ?

Silence.

Avec l'argent dont Maman héritera quand tu crèveras. Tu vois, on n'est pas si ennemies que tu le crois ou que tu le souhaites, elle et moi. Mais ce que je voudrais surtout te raconter, et je crois que ça t'intéressera, c'est comment nous faisons l'amour, Marie-Rose et moi.

Je secoue la tête pour dire que non, je n'ai pas envie d'entendre cela, ça me dégoûte, deux femmes ensemble, non ça ne m'intéresse pas du tout, mais elle parle doucement, en se délectant, en faisant des moues et des mines de sa bouche grasse, elle parle de formes molles qui s'appuient et se mélangent, d'odeurs intimes et d'humeurs visqueuses, et même d'objets utilisés pour augmenter le plaisir, c'est affreux, je gémis, pas envie d'entendre, mais elle vient de plus en plus près et me murmure à présent à l'oreille ce qu'elle dit à Marie-Rose et ce que lui dit Marie-Rose, j'ai l'impression de sentir d'étranges odeurs dans sa bouche, je ne savais pas qu'on pouvait pousser aussi loin la perversion et je finis par supplier :

Arrête, s'il te plaît...

Elle se redresse.

Pourquoi dois-je m'arrêter, grand-père ? Cela ne t'excite pas, d'imaginer deux femmes ensemble ? Il y a des hommes qui aiment ça, tu sais ? Regarde ce doigt avec lequel je touche ta nourriture. Tu le vois ? Je sais, tu te dis que c'est une main épaisse, que je n'ai aucune grâce, aucune élégance, quand j'étais enfant tu disais à Maman que je ressemblais à un gros cochon, je m'en souviens, rassure-toi, je n'ai oublié aucun de tes jolis compliments, tout est resté gravé là, tu vois, et maintenant, ce gros index de cochon qui touille ton porridge et ta crème dessert, imagine qu'il est entré, cet index, dans une autre femme, et pas n'importe quelle femme, tu vois, une bien noire, ma Marie-Rose, de ceux que tu méprises si fort, une magnifique Noire, une vaste rose de chair qui donne le vertige, ma Marie-Rose, et je n'ai plus qu'une envie, c'est de parfaire son plaisir dans l'élasticité de cette caverne florale, c'est d'en explorer tous les recoins cachés qui se raidissent et me retiennent, et c'est là que je sens les remous venant de loin, tu vois, de très très loin à l'intérieur de son ventre, et les ondes s'évasent, s'étalent, dévastent, les ondes explosent dans le balancement d'océan de ce corps noir qui ondule sur le lit, moi dessus, moi avec, oh bon Dieu grand-père, tu n'as jamais reçu ce don-là, je le sais, de Marie-Rose liquéfiée, émulsifiée, lave carbonisante rayonnante dans ma chair, alléluia, comme tu dis, grand-père, al-lé-lu-ia !

Le dégoût me donne des haut-le-cœur. Je ne dois pas vomir, c'est trop douloureux. Je me retiens et ravale ma salive, respire par le nez, lentement.

Il est temps de manger, maintenant, dit-elle comme une infirmière sadique dans un très mauvais film. Tu as intérêt à tout avaler, crois-moi.

Je secoue la tête pour refuser mais elle ne m'en laisse pas le choix. Elle enfonce la cuiller dans ma bouche et la purée épaisse et blanchâtre me fait penser à autre chose; je ne retiens plus ma nausée.

C'est de l'arrow-root, ce bon vieil arrow-root, si sain pour les vieux, dit-elle gaiement, continuant de m'enfoncer la substance dans la bouche. Je ne sais par quel effort surhumain j'ai réussi à l'avaler. Je larmoie mais je mange. Je la hais et pense à tout ce que je lui ferai, une fois mort. Tu auras un démon accroché à tes basques pour la vie, pauvre conne, tu ne perds rien pour attendre !

Mais d'avoir enfin mangé m'a redonné quelques forces.

Passionnant, tes histoires, lui dis-je, la voix graisseuse. Et qui de vous deux trouvera une âme charitable pour lui faire un enfant ? Car un couple sans enfant, ce n'est pas un vrai couple, n'est-ce pas ? C'est un couple condamné à se ronger la queue, et c'est précisément là où le bât blesse.

La tristesse qui remplit ses yeux ne trompe pas. Ses hanches larges non plus : c'est une femme faite pour reproduire.

Je sais, c'est injuste. Toi qui es bâtie comme une usine à enfants, tu n'en auras sans doute jamais. Ta grand-mère, elle, c'était comme si une fillette de onze ans mettait bas : ce que ça a pu la déchirer et la faire souffrir, et la faire saigner et hurler, ces deux naissances ! Deux enfants, c'est tout ce qu'elle a réussi à faire. Le premier enfant, Kitty, et le deuxième, un garçon mort peu de temps après la naissance. J'ai toujours regretté que ce ne fût pas le contraire. Un garçon pour me succéder, ma vie aurait été différente. Même ça, elle n'a pas pu le faire comme il faut. Et peu après, elle est morte elle aussi. Me laissant sur les bras cette chose dont je n'avais que faire.

Oh! combien elle rage intérieurement, la Malika! Mais pour l'instant, elle ne prononce pas un mot. Je me demande jusqu'où je peux la pousser. J'ai presque envie de lui dire. Cela rôde au bout de ma langue. Un goût puissant de moisissure et de miel. Mais je sais que c'est à Kitty seule que je dois le faire : le jour où la détestation sera telle que je déciderai de la tuer par les mots.

Ça, oui, c'est extraordinaire. Pas les minables méchancetés de Malika. Ces deux femmes qui distillent leurs petites misères en me laissant seul et en me faisant bouffer de la nourriture infâme, elles croient qu'on peut retenir l'océan en étendant les bras, alors que je suis un tsunami dans leur vie : elles ne peuvent rien contre ma parole déferlante. Quelques mots et je les anéantis. Ça, c'est un pouvoir.

Où est Kitty? Dis-le-moi, maintenant, je veux que Kitty vienne, j'ai besoin d'elle pour faire mes besoins, à moins que tu n'aies envie de tenir la bassine sous moi, je n'ai pas d'objection, mais ce sera moins ragoûtant que ta vache noire, je te préviens. Enfin, peut-être pas, peut-être que mes déjections sont plus parfumées qu'elle, je n'en sais rien.

Où est Kitty?

Malika prend le plateau et sort cette fois sans me donner le temps de la retenir d'un mot. Elle ferme la porte en la tirant de son pied. Elle n'a pas éteint la lumière. Mes yeux brûlent. Kitty! Kitty!

L'ampoule lumineuse a attiré les termites hors des cloisons en bois. L'un après l'autre, ils émergent des trous, goûtent l'air, déploient leurs ailes minuscules et s'élancent vers la lumière. Bientôt, un nuage orangé de termites froufroutants tourne autour de l'ampoule.

Ce qu'elle a raconté tout à l'heure m'a mis dans un drôle d'état. Nerveux, irrité, assailli d'images repoussantes. Je n'ai pas envie d'imaginer sa grosse femme (grosse? je ne sais si elle a dit qu'elle était grosse, mais c'est ainsi que je la vois), nue dans le lit, suante, draps poisseux, gémissante, et elle dessus, c'est dégoûtant, mais plus je repousse les images et plus elles reviennent, elles m'enfouissent dans une chaleur malodorante qui envahit ma gorge; je n'arrive plus à respirer.

Quelque chose s'agite à nouveau; je suis un homme, il ne faut pas l'oublier. J'ai tout l'attirail pour. La plupart des hommes de ma génération avaient plusieurs femmes et une portée d'enfants naturels qui tombaient comme des blattes et que les épouses légitimes devaient accepter, puisqu'elles n'avaient pas le choix et que cela seyait à leur nature de saintes. Mais un jour, après des siècles à jouer les belles au bois dormant, elles se sont réveillées et se sont dit que ce n'était pas normal. Elles ont appris à dire non : sacrée secousse dans le processus d'évolution des femelles! Et maintenant, ce sont plutôt elles qui se prennent plusieurs hommes et les maris qui restent à la maison pour s'occuper des enfants. Quand je les vois, promenant leurs petits princes dans leurs poussettes, les hommes attentionnés, pâles de l'angoisse de mal faire, les femmes gonflées de leur nouvelle importance, des petites reines, des Kaveri Rani toutes, mines pointues, tiens bien le parapluie, tu ne vois pas que je me mouille, attention à mes vêtements, on doit prendre un taxi, le bus c'est trop sale pour moi, ça me fait bien rire. Votre époque est révolue, dis-je aux hommes. Nous étions les maîtres chez nous. Chacun savait où était sa place. Il n'y avait pas de négociation, pas de chantage, pas de refus — pauvres hommes, ils ont tout perdu, tiré le mauvais numéro après avoir longtemps tiré le bon, ils peuvent aller se rhabiller définitivement, ils seront toujours nus. Obligés d'être des durs et d'être durs quand il le faut, mais rien ne leur est épargné : changer les couches, préparer le repas, être père, être mère, être homme, être femme, être fort, être compréhensif selon les heures et les humeurs changeantes des femelles, et après cela seulement, s'ils peuvent trouver un instant de solitude, peut-être à trois heures du matin lorsque surgit le mal de nuit, ils peuvent enfin reprendre leur souffle et se dire que, oui, ce moment-là est à eux, à eux seuls, et qu'ils sont enfin libres, tels qu'en eux-mêmes.

Mais l'errance risque d'être longue, mes pauvres amis. Car ce n'est toujours pas assez. Maintenant elles préfèrent se tourner vers les femmes et se passer des hommes, qui eux se tournent vers d'autres hommes. C'était prévu dans les livres sacrés. C'est l'ère de Kali, le Kali Yuga de toutes les déchéances, des valeurs bafouées, des cartes brouillées. C'est normal, c'est ainsi. Je ne m'étonne de rien. Et après ce qu'elle vient de me sortir, qu'on ne vienne pas me dire que je n'ai pas eu, moi, un comportement normal ! Qu'on ne me dise pas...

Kitty, où est Kitty ? Où est-elle passée ? Ça suffit maintenant, obéissez ! Elle ne va pas me laisser seul, elle m'aime, la Kitty, il n'y a pas de doute, pas comme cette... cette... je connais des mots pour ça mais je n'ai pas envie de les utiliser, je les ai lus dans des livres modernes, ceux où à toutes les pages il y a des gros mots ou une scène de sexe, cela me choque et m'attise en même temps, parce que moi, les gros mots, je ne les dis que quand je suis en colère, alors lire calmement dans un livre des mots comme ça, surtout écrits par des femmes, avec des scènes de sexe et de quasi-pornographie, parfois ce sont des femmes de bonne famille qui écrivent ça pour faire moderne, ça me répugne et je ne peux m'arrêter de lire, comme cette Marie-Rose qui reste là, qui refuse de partir depuis que Malika l'a introduite dans ma tête avec tant de crudité, Marie-Rose elle aussi reste contre mon gré dans ma pensée, oui, regarde, elle a ouvert la porte, elle entre, elle est en demi-teinte ou peut-être est-ce moi qui suis en demi-sommeil, en tout cas je ne la vois pas bien mais je sais que c'est elle, ça doit être elle, personne d'autre, lourde, démarche de vache, ça tangue, ça se déhanche, il n'y a qu'eux pour marcher comme ça, avec cette cadence-là, je me comprends, un rythme qui n'est pas un rythme, qui est une sorte de paresse d'être si profonde qu'il fallait l'esclavage pour les faire travailler mais bon, je vais encore me faire traiter de tous les noms parce que je dis ces vérités-là, mais qu'est-ce que je m'en fous, et puis voilà, elle est tout près de moi, Marie-Rose, tout près de moi, elle écarte mes draps salis, elle sourit mais ce n'est pas pour se moquer, elle me caresse le visage puis me gifle, j'ai l'impression que mes os craquent, j'ai mal, je suis vieux Marie-Rose, prends soin de moi, et pourquoi je prendrais soin de toi, vieux couillon, dit-elle dans la langue des pauvres, qu'est-ce que tu as fait pour elles, qu'est-ce que tu as fait d'elles, elle baisse mon pantalon de pyjama, découvre mon membre soudain interloqué, bien réveillé, lui, ce que cela fait plaisir, mon Dieu, Marie-Rose se penche, elle descend sur ses genoux à côté du lit, elle le prend dans sa bouche, je suis gêné, je ne sais plus quoi faire, où regarder, je sais que je pue, mais ensuite je ne pense plus à rien, l'étoile de Marie-Rose est dans ma tête et moi dans sa bouche je redeviens un homme, tout simplement, rien que cela, un homme banal, un homme comme les autres, le plus heureux des hommes

Oui.

Ou plutôt, non. La bouche serre trop et mon membre me fait mal, il est endolori, arrête, arrête, mais Marie-Rose n'arrête pas, d'ailleurs est-ce bien Marie-Rose que cette forme accroupie, cette tête rythmique, cette petite bouche trop serrée, ces cheveux longs qui se balancent, je ne la reconnais pas mais je devrais peut-être, il y a trop de souvenirs interdits, qui est-ce, cela se resserre, des dents, oh non, je risque d'être castré dans la nuit et personne pour me sauver, pourquoi suis-je venu ici? je pensais me réfugier chez ma fille mais je crois que c'est un repaire de diablesses, je suis nu et prisonnier, j'ai peur, j'ai mal au sexe, mal au corps, mal à la tête, mal partout, arrêtez, je ne vous connais pas, ôtez votre bouche de là, sale cochonne, je ne vous ai rien demandé, sortez, vous entendez, sortez, je vous l'ordonne

ce n'est plus une bouche mais un outil de guerre, un mors, des mâchoires d'acier, c'est intolérable, va me l'arracher, je sue, je gémis, je serre les dents

je suis seul, parfaitement seul dans la nuit, dans ma nuit, la seule que je connaîtrai désormais puisque ma vie n'est plus que nuit, c'est un obscur qui sort de tous les côtés et m'envahit, me happe, me submerge, me noie, je suis la nourriture de l'obscur et je suis sa proie et ainsi sali, avili, anéanti, avalé, je suis hors de toute dignité et de toute mortalité, je suis déjà effacé —

sublime nullité de l'obscur.

J'ai réussi à sortir du lit. J'en arrache les draps : ma douleur pénienne a eu un résultat concret. Je ne sais pas s'il y avait vraiment quelqu'un dans ma chambre. Il m'a semblé que oui, que je n'ai pas rêvé. Mais qui est entré ? Qui m'a poussé de manière si ignoble à me délivrer ? Je suis maculé. Maculé de tout. D'elles, surtout d'elles.

Je me suis traîné jusqu'à la porte. Je m'accroche à la poignée, tente de l'ouvrir. Mais je n'arrive même pas à la faire fléchir. Ce n'est qu'une poignée. Il me reste des forces, j'en suis certain. Mais quelque chose m'empêche de les utiliser. Je me résigne. À quoi bon lutter contre les diablesses sur leur propre territoire ? Je vais attendre qu'elles viennent, et là, je ne leur ferai pas de quartier. Kitty, Malika, Marie-Rose ou l'autre, l'innommée, qu'elles viennent. Je suis prêt.

Je reviens vers mon lit désormais nu, sauf l'alèse en caoutchouc qui empeste. Je l'enlève aussi. Maintenant, il n'y a plus que le matelas. Je sors la bassine de sous le lit. Je m'y accroupis en craquant des jointures. Je pisse et chie en même temps. Je pousse la bassine aussi loin du lit que je le peux. Je la recouvre d'un drap sale. J'enlève mon pyjama et m'essuie avec. Je sais qu'il y en a d'autres, propres ceux-là, dans le placard, mais je n'ai plus la force d'aller les chercher. Je m'allonge, nu, sur le lit nu. Qu'elles me voient ainsi. C'est ainsi que sont les hommes de mon âge, mes chéries. Nul besoin de se mentir à soi-même. Des demi-squelettes qui n'ont plus rien à cacher.

Enfin, sauf ce qu'il y a dans leur tête.

Il n'y a pas que des choses tristes. J'ai eu une vie tellement riche. Il suffisait qu'elles y croient, elles, mais ce n'est pas possible, n'est-ce pas, elles doivent toujours douter, toujours tout remettre en question, toujours nous empêcher d'aller de l'avant, attends-moi, attends-moi, je ne peux pas courir aussi vite que toi mais je veux être là à chaque instant, à chaque tournant, surtout ne pas rester seule en arrière, je dois te poursuivre, je dois te dépasser, je dois te lester, je dois finalement te faire trébucher, parce que c'est seulement ainsi que je me sentirai vivante et neuve et valable, sinon ça sert à quoi, un corps de femme ?

À quoi ça sert ? À être donné aux autres, évidemment, ça ne sert à rien en soi, faut vous y faire, c'est vrai, finalement, c'est misérable, un corps de femme, virginité tant attendue, tant anticipée, tant rêvée que lorsqu'on y parvient enfin la déception est du même acabit, et ensuite maternité tant attendue, tant anticipée, tant rêvée, qui conduit à une douleur de sainte suivie d'un épuisement plus bas que terre. Et après ?

À la naissance de Kitty, je l'ai dit, la mère a souffert comme seules savent souffrir les femmes, avec cet art consommé de la résignation. Pour ça, elle avait du métier. La deuxième nuit a été si longue que je ne pensais pas qu'elle s'en sortirait. La maison entière semblait moribonde, remplie d'une prémonition de désastre qui n'avait pas pour objet, comme je le croyais, leur mort mais plutôt leur survie à toutes les deux. La mère était grise. Sa peau était fripée, elle vomissait ses maigres réserves. Malgré son enflure, le corps se ratatinait visiblement dans le lit, une disparition progressive à mes yeux consternés. Je me suis résigné à la perdre, comme cela arrivait encore si souvent à l'époque. Je regardais son corps déformé, elle ressemblait à un enfant qui portait une charge bien trop énorme. Elle venait d'avoir dix-sept ans. Je me suis senti impuissant, moi le Dokter-Dieu. Elle m'a regardé dans les yeux. Délivre-moi, a-t-elle dit entre ses dents, se mordant presque la langue de sauvagerie. Je savais ce qu'elle voulait dire. Coupe-moi le ventre, tue-moi et sors cet enfant de moi. C'est ça qu'elle me disait. J'ai secoué la tête. On attend encore un peu. Ça va venir. J'ai essayé de prendre ce ton paternel et rassurant que j'avais d'habitude avec mes patients, mais ça n'a pas marché. C'est un gargouillis qui est sorti de ma bouche, comme si mon instinct se refusait au mensonge. Elle m'a gratifié d'un regard haineux. Je suis sorti fumer une cigarette, la laissant avec la sage-femme. Je n'avais pas dormi non plus pendant ces deux nuits. J'étais à ses côtés, négligeant mes patients. Et ce que je recevais, c'était cela : une accusation venimeuse, typiquement féminine. J'étais l'homme. Je ne pouvais souffrir comme elle. J'étais l'homme. J'étais responsable de sa souffrance.

Pourquoi, depuis quand, la mise au monde est-elle devenue la culpabilité du mâle ?

Et puis, enfin, au bout de cette si longue nuit, l'enfant, amoché, chétif, hésitant à pleurer après avoir tant fait souffrir sa mère. Difficile de le poser sur le petit corps de la mère, corps d'enfant lui-même, de le mettre à ce sein presque inexistant encore. J'ai eu l'impression d'avoir deux enfants sur les bras. Je ne savais quoi en faire. Mais ensuite elles ont ouvert les yeux en même temps et se sont regardées. Après, la cause était entendue : il n'y a plus eu de place pour moi. L'une a tendu les bras vers l'autre et la montée de lait a été immédiate, organique, gouttes translucides émergeant des mamelons sombres comme de minuscules insectes liquides sortant de leur trou. L'enfant a aussitôt su comment absorber ces gouttes et se réfugier dans l'espace blanc de sa mère.

Je suis sorti de la chambre, presque aussi fatigué qu'elle et sans récompense aucune. J'avais fait mon boulot. La place du père était inexistante.

Elle s'est remise plus vite que je ne le pensais. Il fallait qu'elle s'occupe de sa fille, de sa Kaveri Bhavani, nom de reine de la lignée solaire des Kuru, elle imaginait sa fille grandissant comme si elle appartenait à la royauté, d'un côté une lignée de caste supérieure, de l'autre la fille d'un médecin vénéré, elle devait être destinée à de grandes choses, la Kaveri Rani, il n'y avait aucun doute dans l'esprit de la mère. C'était pour ça qu'elle s'était mariée : pour produire un fruit qu'elle passerait le reste de sa vie à admirer et qui servirait de prétexte à son existence même.

J'ai accepté pendant un temps qu'elle néglige tout, y compris moi, pour la petite. Elle avait assez souffert ; elle méritait de se reposer et de reconstruire ce corps spolié par la maternité. J'ai consenti à lui laisser ce temps précieux pour nourrir, changer, baigner, bercer la petite, lui chanter des chansons, lui raconter des histoires, la câliner. Une vieille tante est venue s'installer chez nous pour s'occuper des tâches ménagères. J'ai tout de suite vu qu'elle apportait avec elle des manies de vieille et une sorte de désordre ignorant, mais je me suis résolu à la tolérer, le temps que ma femme reprenne des forces et assume de nouveau ses devoirs.

Il y a quelque chose de poignant dans certaines images que je garde de ce temps-là : la jeune mère aux longs cheveux brillants, à la peau mate, vêtue de ces pastels qu'elle adorait, un jour elle était bleu ciel, un autre jour rose bonbon, un autre jour encore vert eau, arc-en-ciel qui traçait son ruban coloré dans la maison grise, le bébé dans ses bras, heureux, seuls moments où Kitty ne pleurait pas. Elle regardait sa mère avec adoration, ne souriait qu'à elle seule, refusait d'être portée par quelqu'un d'autre, y compris moi, la regardait avec ses yeux extraordinaires, couleur étrange, couleur d'eau marécageuse qui pouvait se transformer en éclat doré à la lumière. À elles deux, elles étaient une peinture vivante, comme ces miniatures du 18e représentant Krishna et sa mère Yashoda. La mère était exactement comme ces femmes aux anciennes voluptés, yeux oblongs, petite bouche minutieusement dessinée, formes enfin pleines après la naissance de Kitty. Parfois, quand je rentrais du travail, je me cachais derrière la porte pour les regarder, comme si mon regard risquait de briser la délicatesse de l'image ; quelque chose en moi s'arrêtait net, se figeait, s'effrayait de tant de grâce livrée à mon regard, je les observais et me laissais imprégner un instant par ce lieu usurpé, car je n'y avais aucune place. Je me permettais d'être heureux parce que j'étais la source de leur bonheur. Sans moi elles ne seraient rien — mais je ne me faisais pas d'illusions : ce bonheur-là n'était pas le mien.

Le temps passait, et rien ne changeait. Il suffisait de deux pas pour que le rêve s'écroule. Une riche odeur de moisissure et de nourriture avariée s'était emparée de la maison. Dès qu'on éteignait la lumière de la cuisine, une horde de cafards se précipitait hors des cloisons avec un bruit de pattes entrechoquées. La vieille les écrasait avec un balai, laissant derrière elle des masses blanchâtres et brunâtres. Elle avait l'habitude de jeter par la fenêtre des restes de nourriture dont les chiens errants se régalaient, rôdant par dizaines autour de la maison, déféquant, aboyant, copulant, mordant, une horde dangereuse dont les occupantes de la maison ignoraient royalement la présence. Les repas étaient devenus un calvaire pire encore que quand c'était l'autre qui cuisinait, parce que la vieille, rompue aux habitudes d'économie de la guerre, noyait les lentilles dans l'eau, mettait à peine une pincée de sel dans les plats, utilisait une huile bon marché qui avait un goût de rance et n'arrivait jamais à obtenir la bonne texture pour le riz. Plus je devais avaler ces repas infects dans une maison qui sentait la mauvaise huile, plus ma colère se tuméfiait et ma rancune durcissait comme un fibrome dans un ventre de femme, devenait physiquement douloureuse, une boule herniée, sensible quand j'y appuyais la main.

Je ne comprenais pas comment elle pouvait rester aussi imperméable à l'état écœurant de la maison. Ma peau se hérissait dès que j'y entrais. Elle flottait, elle, angélique, innocente, insensible.

La colère s'est disputée à la patience jusqu'à ce qu'il m'apparaisse clairement que celle-ci était parfaitement vaine : ma femme n'avait aucune intention de reprendre ses responsabilités.

Dans mon esprit se mêlaient les brumes de ses saris et la boue dans laquelle je pataugeais. Je voulais qu'elle voie cela. Qu'elle y plonge ses lèvres et ressente le choc de sa texture. Ne pas être le seul à en respirer les miasmes. Un soir, je suis rentré après plusieurs heures passées à l'hôpital auprès d'un patient qui souffrait d'un cancer du côlon en phase terminale et qui régurgitait ses propres matières fécales. Je suis rentré et je les ai vues, elles, dans le jardin, répandant une tranquillité liquide, intouchées par l'horreur.

Elle portait un sari d'un bleu plus clair qu'un ciel de début d'hiver. Hors du monde et semblant posséder le monde. Mais non, le monde n'est pas à toi, surtout pas à toi qui te traînes dans l'oisiveté et la crasse, ai-je murmuré. Calme, armé d'un scalpel, je suis allé vers elle, j'ai arraché le pan du sari qui était retenu sur son épaule par une petite broche de turquoise que je lui avais offerte, et j'ai taillardé la partie la plus richement brodée sans qu'elle puisse faire quoi que ce soit pour m'en empêcher, puisqu'elle tenait sa précieuse fille dans ses bras.

Kitty s'est mise à brailler. Mais, comme toujours, la mère n'a rien fait, n'a pas réagi, n'a pas protesté. Elle me regardait de ses yeux plats.

J'ai posé le tranchant du scalpel contre sa poitrine pleine de lait que le sari ne recouvrait plus.

Demain tu retournes à la cuisine, lui ai-je dit. Demain tu nettoies la maison de fond en comble. Demain, je ne veux pas te voir avec ces saris coûteux dans la maison. À partir de demain, tu ne portes plus de sandales aux pieds. Tu marches pieds nus comme tout le monde.

Pour bien faire pénétrer ce message, j'ai appuyé un tout petit peu sur la lame et j'ai vu avec une joie inouïe perler des gouttes de sang plutôt que son éternel lait de vache nourricière.

Le bébé continuait de pleurer. Je l'ai pris d'entre les mains de sa mère pour le remettre à la vieille. Le hurlement de désespoir de Kitty m'a percé les tympans.

Deux minutes après, un hurlement tout à fait identique a retenti derrière moi.

À partir de là, sa majesté mon épouse a refusé de me parler. Elle s'est figée dans son reproche ; je n'ai pas voulu faire davantage de concessions. Elle n'a pas compris que je faisais cela pour sauver ce qu'il restait de notre famille. Elle n'a pas compris que je voyais, moi, chaque jour, des tragédies humaines. Il fallait mériter notre vie et non l'écheveler de rêves indécents. Cela me faisait du bien de la voir mal fagotée dans des saris en coton grisâtres, attachés n'importe comment, les cheveux empaquetés au-dessus de sa tête. Ses pieds ont eu des cors, des verrues, des cloques qui saignaient et suppuraient. La peau était mangée par l'eau savonneuse dans laquelle elle lavait les vêtements et la vaisselle : elle devenait une femme. Elle était presque belle.

C'était la vieille qui s'occupait à présent de Kitty. Elle lui racontait des histoires de monstres, de dieux et de sorcières. La moitié de ces histoires tournaient autour de femmes qui, sous une apparence normale, étaient des *daïnes*, des sorcières ayant usurpé le corps de femmes ordinaires. Kitty, bien qu'elle n'y comprît pas grand-chose, était fascinée par ces histoires. Quand la vieille les lui racontait, assise par terre, l'enfant dans son giron, Kitty mettait ses deux doigts dans la bouche et son regard fauve se perdait dans ce monde trouble.

Je n'aimais pas toutes ces superstitions, j'étais convaincu qu'elle était à moitié folle, mais tant qu'elle s'est occupée convenablement de l'enfant, j'ai consenti à la tolérer. Jusqu'au jour où elle a proposé de nettoyer du poisson dans la courette derrière la cuisine. La mère, bien entendu, n'aimait pas cette tâche et l'a laissée faire. Quand je suis rentré, Kitty était assise par terre dans l'eau sale, les vêtements tachés par le sang qui avait giclé du poisson. Elle regardait, fascinée, la main de la vieille qui arrachait les entrailles luisantes. Une cohorte de mouches bleues vrombissait tout autour. Au moment où les intestins glissaient entre les doigts de la vieille, Kitty a été prise de nausées. Elle ne vomissait pas mais, pliée en deux, émettait des bruits rauques, ses yeux larmoyaient, ses petites jambes s'agitaient dans l'eau croupie, elle n'arrivait visiblement plus à reprendre son souffle. La vieille s'est mise à rire en disant, pauvre petite princesse, pauvre petite rani, puis, sans que je m'attende à ce geste, sans que rien ne m'y prépare, elle a pris une poignée des entrailles qu'elle venait d'arracher du poisson et les a enfoncées dans la bouche de Kitty.

J'allais m'élancer pour reprendre ma fille quand la mère est arrivée, un éclair traversant mon champ de vision. Il n'était plus jaune vif mais gris, cet éclair ; la femme, elle, brillait toujours aussi fort. Elle a saisi Kitty, lui a enlevé les morceaux d'intestins de la bouche, l'a mise sous le robinet et l'a lavée à grande eau, lui caressant le corps de ses mains, lui arrachant ses vêtements tachés, lui répétant, tu es ma Kaveri Rani, c'est une folle, ce n'est rien, ce n'était qu'un vilain poisson, personne ne s'attaquera plus à toi je te le jure sur ma vie.

Elle a emmené Kitty dans notre chambre et l'a séchée et rhabillée de propre. Kitty se laissait faire sans réagir. Elle ne pleurait pas, ne disait rien. Sa mère l'a poudrée, lui a mis du khôl aux yeux comme si elle allait à un mariage, lui a passé une robe de brocart qu'elle lui avait cousue pour son anniversaire, elle l'habillait comme une poupée dorée, mais Kitty ne disait rien. Quand sa mère l'a soulevée, elle a posé la tête sur son épaule et s'est endormie. La mère s'est assise dans un fauteuil, tenant son enfant dans ses bras. Au bout de quelques minutes, elle s'est endormie elle aussi, dégageant une odeur d'eau savonneuse, d'encaustique et de chagrin.

Je suis entré dans la chambre, je me suis assis sur le lit et je les ai regardées. Ainsi dormantes, ainsi immobiles, je n'avais rien à leur reprocher. D'ailleurs le sol de stuc brillait tant elle l'avait bien astiqué, et la chambre sentait bon le vétiver qu'elle avait mis dans un bol sur la fenêtre. Ainsi dormantes, silencieuses, elles étaient parfaites. L'étrange violence de la vieille ne m'étonnait pas. Mais quand elle avait enfoncé cette matière glutineuse dans la bouche de ma fille, une part de moi s'était honteusement réjouie : Kitty la précieuse, qui avait des nausées en voyant le poisson cru, c'était le prolongement de sa mère, trop bien pour moi.

Trop bien pour moi? Elles verraient que personne n'était trop bien pour moi. J'ai examiné avec la plus grande patience les marques sur son visage, ses mains, ses pieds, son corps. Ça, c'était le fruit de son travail pour moi. Cela se méritait, d'être la femme du Dokter-Dieu.

Pauvre femme démunie d'elle-même, aucune fibre morale, aucun sens de la dignité qui nous vient du travail et du mérite. Elle a cru qu'elle était née avec ses droits. Mais quelles étaient ses qualités? La beauté? La grâce? L'intelligence? L'instinct maternel? Cela faisait-il d'elle un être humain méritant? Celui qui avait nettoyé le pus et la crasse des autres et qui les avait arrachés à la mort, oui, il pouvait prétendre à quelque récompense. Mais elle? Pourquoi pensait-elle que tout lui était dû? Je ne voulais pas qu'elle lègue à Kitty cette illusion-là. Kitty serait une fille comme les autres. Elle n'était pas une princesse. Dans ce pays où la pauvreté tuait chaque jour des centaines d'humains, il n'y avait pas de princes. Il n'y avait que des hommes.

Je les ai laissées dormir ce soir-là, dans les bras l'une de l'autre. Je n'étais pas un monstre. Mais j'avais pour but la droiture. Je n'opterais pas pour le chemin facile. Je savais que, lorsqu'elle ouvrirait les yeux, il n'y aurait dans son regard aucun pardon.

Personne. Personne ne vient. Où est Kitty? Je n'ai rien mangé depuis cet horrible porridge dans lequel l'autre a plongé son index souillé. Depuis que je suis ici, je n'ai été nourri que d'amertume. Où est Kitty? Peut-être s'est-elle noyée dans sa soupe d'arrow-root. Ou peut-être son homme de fille l'a-t-il enfermée dans sa chambre. Elle attendra que je meure lentement ou hâtera l'échéance pour enfin ouvrir son école des malnourris. On n'en saura jamais rien. Où est Kitty? Kitty n'osera trahir sa fille; elle est bien trop faible pour ouvrir la bouche sur autre chose que des larmoyeuseries. Je ne sais si je passerai la nuit. C'est tout ce qu'elles attendent. Que je crève paisiblement, sans faire trop de bruit ni trop de saletés.

Je ne savais pas, en arrivant ici, que je venais de précipiter ma mort.

La nuit continue. Plus de jour. Terminé, la lumière porteuse d'espoir et de renouveau. Rien que la longue contemplation du noir. Je me

regarde, allongé, nu, sur le lit nu. Qu'y a-t-il là ?
Voyons, je suis médecin, je devrais le savoir.
Dokter-Dieu, tu dois savoir ce qui ne va pas ?
Prostate ? Oui, ça bien sûr, je le sais depuis longtemps, c'est normal, malédiction des hommes
vieux, c'est ça qui est supposé me tuer en premier, dès que le cancer se sera métastasé. Os
fragilisés déjà. Sans doute des fêlures, ici et là,
hairline fractures, infimes mais douloureuses.
Neurones un peu diminués. Perte de mémoire,
début d'Alzheimer ? Non, si je devais l'avoir, ce
serait survenu depuis longtemps déjà (à moins
que je ne l'aie oublié !). Non, ma mémoire a tenu
le coup, puisque tous ces souvenirs sont là avec
leur visage d'éternité, même s'ils ne sont plus
dans le bon ordre. Ils semblent simultanés, des
clichés mélangés qui me restituent à moi-même,
jeune, vieux, plein d'espoir, résigné, au seuil de
mon existence ou à son apogée, plein de vie ou
à moitié cadavéré. Je me souviens de tout, y
compris de la vache aux pattes coupées, du veau
à la tête coupée, de toutes les amputations faites
par le couperet du destin, de la robe bleu marine
aux ganses blanches et des chaussures à deux
tons blanc et bleu. Et puis, et puis, du regard sans
pardon de l'autre, le jour du poisson dans la
bouche de Kitty, yeux de l'endormie dans le fauteuil, emmêlée dans son sari serpillière. Elle se
réveille, sa fille entre les bras, et me voit en face
d'elle ; et elle sait tout, tout de suite, ce qui s'est
passé avant, ce qui se passera après, avec une clarté
telle que les yeux, je vous le jure, deviennent

blancs, tout blancs. C'est le regard du linceul. C'est le regard de l'absolue condamnation.

Je frémis mais ne bouge pas. Longtemps, nous restons là. Moi d'un côté, et de l'autre cette femme de dix-huit ans qui tient sa fille dans ses bras et dont les yeux blanchis à la chaux vive sont une contagion. Mes boyaux se tordent. Elle s'est mise debout, a posé Kitty sur le lit, lui a caressé les cheveux avec une sorte de regret, comme une demande d'absolution. Puis elle a dit à la vieille de s'en aller, que désormais nous n'aurions plus besoin d'elle.

La vieille a essayé de protester, d'expliquer qu'elle voulait habituer Kitty à l'odeur du poisson, mais l'autre est restée immobile et droite, ne la regardant même pas. La vieille a fini par se taire et aller prendre ses affaires, marmonnant entre ses gencives qu'elle savait bien que c'était un repaire de sorcière.

L'autre a pris une brosse et s'est mise à brosser, cirer, astiquer la maison déjà propre comme pour la débarrasser d'une infection, et elle a lavé la cuisine, et elle a préparé un repas parfaitement cuit, et elle m'a servi dans un silence de fusillade.

Ne resterait que la violence de ce jour, de ce geste, de cette chaîne d'incidents qui nous a désunis.

Ne resterait que la haine.

Enfin, la porte s'est ouverte. Kitty, enfin, Kitty, c'est elle, je la reconnais même les yeux fermés, son odeur, sa manière de respirer, elle, ses gestes, yeux fermés je les devine, petit mouvement de la main vers moi, elle se retient, elle, ses expressions remplies de silence, tout dans les yeux, elle, les yeux de Kitty ont toujours parlé pour elle, même quand sa bouche était fermée par une main.

Tu es sans pyjama, constate-t-elle, fine comme toujours.

Comme tu vois.

Tu as chaud ?

Non, j'avais envie de faire caca et comme il n'y avait personne pour m'aider, j'ai dû le faire tout seul et je me suis essuyé avec mon pyjama. Ça te convient comme explication ?

Tu aurais dû sonner... Je t'ai laissé une clochette pour ça.

Je m'étouffe presque d'énervement.

J'ai sonné. Tu n'es pas venue. Il n'y a que ta maquerelle, là, qui s'est pointée. Tu sais de qui je parle, ton espèce de fille, avec son teint noir, ses membres épais, ses gros doigts et, pour couronner le tout, elle m'a annoncé qu'elle est lesbienne, tu le savais ?

Hein ? Tu le savais ?

Kitty rentre dans son silence. Elle ne trouve jamais les mots pour se dérober. Pas contente que je me moque de sa fille, mais en même temps, qu'est-ce qu'elle peut inventer pour la défendre, rien, cela défiera à jamais son imagination, pauvre Kitty.

Mais les yeux de pauvre Kitty, eux, parlent.

Aucun doute là-dessus. La logorrhée ophtalmique, ça la connaît. Tout ce qu'elle n'a jamais pu me dire, ses yeux, eux, me l'ont révélé. Pâle lumière des larmes au fond de la transparence tellement étrange des iris, pâle douleur qui ne veut pas encore se livrer, mais qui commence déjà à débiter des mots qu'elle croit que je n'entends pas, pâle bredouillement du cœur de Kitty, mots saumâtres d'une âme saumâtre dont les pensées titubent : tu ne m'aimes pas, Papa. (Joli début, très élégant, elle finira écrivain !) Tu ne m'as jamais aimée. Il y a toujours eu entre toi et moi une impossibilité, je le sais. Mais, mais le plus dur, c'est ma fille, pas juste les méchancetés, mais ce mépris terrible, déni de tout ce qu'elle est, et maintenant encore, alors qu'il ne te reste que si peu de temps à vivre, tu ne peux même pas, pas envie de te racheter un tout petit peu, juste pour un instant, dire quelque chose de gentil, tu sais combien cela m'aurait, m'aurait consolée de tout, de cette charge, de ce fardeau du cœur brisé cassé, Papa, tu sais ce que c'est, porter cela en permanence, marcher lourdement avec dans sa poitrine cette chose lourde qui balance et qui tangue et ne se laisse pas oublier, à chaque pas il est là, il te rappelle à lui, et il te dit, fille mal aimée mère d'une fille mal aimée, qu'est-ce que tu fais, traînant dans ta vie ce cœur fêlé, qu'est-ce que tu attends pour déguerpir de la vie, fille mal aimée, jamais aimée et qui jamais ne le sera, qu'attends-tu pour enfin prendre ce qui t'est dû, ton seul et unique dû, la mort ?

Oui, c'est ça que j'entendrai en écoutant les yeux de Kitty, que j'appelle en moi-même la complainte de la mal-aimée tant je la connais par cœur, mais je veux bien les entendre encore une fois, ces larmoiements de moine cistercien ou d'ascète himalayen, je la regarde bien droit et j'attends que commence à tinter dans mes oreilles son mutisme éloquent, mais, surprise, ce n'est pas ça du tout :

Les yeux de Kitty ne disent rien. Ils ne parlent plus. Leur clarté est parfaitement opaque. Ils sont posés sur moi, pourtant on dirait qu'ils sont ailleurs. Ils me regardent mais je ne suis plus là. J'ai disparu. Plus de peur ni de rancune ni de chagrin ni de complainte. Elle est droite, immobile. Elle me fait penser... Elle me fait penser... Oui, aux yeux sans pardon de l'autre, ce jour-là. Mais Kitty ne peut s'en souvenir. Elle avait un an. Deux quand sa mère est morte. Elle ne se souvient pas d'elle, elle me l'a toujours dit, elle se l'est toujours reproché. Elle ne peut pas aujourd'hui avoir les yeux blancs de sa mère.

Kitty ?

Ses yeux se promènent sur mon corps. J'ai honte de ce corps froissé. Si j'avais un drap je me serais couvert, mais il n'y a rien et je dois la laisser me regarder, comme un ver qui ne peut même pas se tortiller. Elle me parcourt, me longe, me découvre, me jauge. Elle secoue la tête, comme étonnée de ce qu'elle découvre pour la première fois.

C'est ça, un père ? dit-elle.

Je ne sais quoi répondre. Je ne comprends pas le sens de sa question. Peut-être n'a-t-elle gardé de moi que l'image de l'homme fort et beau, dynamique et vital avec lequel elle a vécu pendant tant d'années, et, pour la première fois, se rend compte que j'ai vieilli ?

Tous les hommes vieillissent, ma fille, lui dis-je, bien triste pour moi-même.

Elle rit. Étrange, ce rire !

Ce n'est pas ce que je voulais dire, dit-elle.

Elle continue de me regarder. Ses yeux ne parlent toujours pas mais semblent graver quelque chose sur ma peau. Ils tatouent ma chair, dessinent, déforment, délimitent, je ne comprends pas, qu'est-ce qu'elle fabrique ? j'ai l'impression que fleurissent sur ma nudité des formes de pourriture, une inscription de perversité, l'encre noire de sa condamnation. Elle opère une sorcellerie qui me recouvre de honte. Mais de quoi me blâmerait-elle, la sotte ? Et à quoi me condamnerait-elle ? À la peine de mort ? Déjà fait !

Je tente de sourire, de reprendre le dessus.

Alors, qu'est-ce que tu voulais dire ? Tu peux t'expliquer plus clairement, si c'est dans tes compétences ?

Mais ses yeux sont à présent accrochés à mon, à ma, enfin à ma chose, là, aucune honte, *besharam*, c'est incroyable, je suis outré, choqué, ma propre fille tout de même, qui me regarde ainsi et qui ne dit rien, qui ne parle même pas des yeux, encore moins de la bouche, mais qui, mais qui, pas de ça, arrête, tu entends, il n'en est pas question, arrête de me regarder ainsi je ne le supporte pas, tu entends ?

Je commence à me trémousser dans mon lit.

Qu'est-ce qu'il y a ? Qu'est-ce que tu fais ? Tu es devenue folle ? Sors tout de suite des draps et un pyjama propres et arrête de me regarder, tu entends ? *I SAID NOW !*

Mais elle est dans un rêve, Kitty, dans un monde aux limites de la démence et de la décence, et elle sourit d'une sauvagerie intime, et elle dit

C'est donc ça, un homme ?

Je frémis de colère.

Oui, c'est ça, ne me dis pas que tu n'en as jamais vu, d'homme, tu as bien fait un enfant, non, ou je me trompe, tu as bien dû voir, ou bien tu as fermé les yeux comme une bonne fille et cela ne s'est passé qu'une seule fois dans le noir, ça veut dire quoi, c'est donc ça un homme ? J'ai été plus homme que tous les hommes que tu as connus, souviens-toi de ça, ma fille !

Elle hoche la tête, lentement.

Débile haineuse.

Je m'en souviens. Dit-elle.

Maintenant le silence est pour de bon.

Visage de pierre. Bile malsaine. Fiel mousseux. Kitty debout. Rien dessous. Seulement le vide qui aspire nos pensées. Une bouche ventouse ouverte pour mieux extraire de nous la solitude de la confession. Qu'y a-t-il entre nous ? Je ne me souviens de rien. Amoncellement d'inutile. Le temps boyau qui se resserre, parce que je n'ai plus, moi, le temps. J'ai fini de vider l'essence. Plus qu'à allumer. J'ai essayé d'être tout pour elle. Kitty de pierre regarde mon corps et y inscrit des mensonges et des insanités. Le tatouage s'étale, s'étend, me recouvre, m'interdit toute évasion. Je lève la tête, tends le cou pour tenter de lire ce que ses yeux ont inscrit sur ma peau. Mais je sais que j'y lirai l'écriture de l'enfer.

Je ne veux plus rien dire. Qu'elle aille se faire foutre. Elle et sa fille et sa mère. Elles n'auront jamais le courage de faire face à un homme, un vrai, on tente de le diminuer par tous les moyens, de le pousser au bord du précipice, de le regarder avec des yeux blancs ou muets, de faire comme s'il ne comprenait rien aux femmes, mais c'est le contraire, mes belles, mes chéries, mes trésors, c'est vous qui ne comprenez rien aux hommes si vous croyez pouvoir les assujettir, c'est vous qui passez votre vie à attendre d'eux qu'ils deviennent des femmes pour ensuite mieux les rejeter, c'est vous qui voulez en faire l'objet de votre mépris alors qu'ils sont l'objet de votre envie, de votre jalousie, de votre détestation et de votre infini désir !

Je sais, Freud l'a dit bien avant moi. Pas idiot. Mais Freud n'avait pas trois générations de femmes tournant autour de son lit de mort en une danse vénéneuse pour mieux le détruire ! Car même morte, l'autre est là, je sais que c'est elle qui les guide et les propulse, c'est elle qui a transformé Kitty en pierre et qui menace de creuser mon tombeau là, tout de suite, sous ce lit, c'est elle qui a envoyé Marie-Rose pour me narguer et me tenter, c'est elle qui coordonne mon châtiment. Et qui croit que je me laisserai faire...

Tu auras beau danser, chère âme, je te retiendrai toujours par le cou. Comme un petit chat maigre que je noierais, tu vois, avec son pelage tondu, le petit chat mignon qui ne meurt pas facilement mais qui mourra quand même parce qu'il ne peut rien contre cette main d'homme qui l'entoure, et qui l'enserre, et qui le broie.

Kitty, tu vois, ta mère, tu.

Malika, tu vois, ta mère, je.

Et toi, tu vois, mère de la mère, mère des mères, tu le sais très bien, j'ai eu droit de mort sur toi, sur ta lumière, sur tes attentes. Je les ai massacrées dès que j'en ai eu l'occasion. Et maintenant j'ai le même droit sur tes filles, bien qu'elles croient que c'est le contraire. Alors ne viens pas jouer aux puissantes avec moi. Même morte, tu n'as aucune puissance. Même morte, je te sens prête à t'agenouiller, peut-être pas d'amour, non, ça je le sais, mais de haine, tu t'agenouillerais, haine parfaite et inspirée, et tu saurais que rien ne pourrait mieux te combler, c'est ça que tu désirais, n'est-ce pas, un sentiment qui remplacerait tous les autres, un sentiment qui serait le sommet de ta stupide recherche d'exaltation, alors exalte-toi, n'en perds pas une minute, car tu viens d'atteindre le pic de la haine !

Ou peut-être pas. Je peux peut-être t'en donner un peu plus, dans ma générosité et ma mansuétude, oui, pourquoi pas, je vais te combler davantage, tu as envie, n'est-ce pas? Alors, regarde et apprends :

Je rassemble mes forces et pousse un cri.

Kitty sursaute. Elle revient à elle, ce n'est pas trop tôt.

Kitty! J'ai mal! J'ai maaaal! J'ai maaaaaaal!

Mon paroxysme la sort enfin de sa catalepsie, elle redevient Kitty, passe la main sur mon corps, oubliant que c'est le corps nu sur lequel elle a tatoué l'innommable, pose la main sur mon front, sur ma bouche, je continue de hurler, je ne savais pas que j'avais encore de telles ressources vocales dans ma cage thoracique mais j'en suis fier, je suis plus vivant qu'elle, plus vivant que toutes, maintenant ce ne sont plus les louves qui rôdent autour de moi mais les femmes redevenues expertes en création, en maternité, elle va trouver ce qui ne va pas, elle est plus Dokter que moi, n'est-ce pas, c'est ta prostate, demande-t-elle, c'est le sphincter, c'est l'intestin grêle, c'est la vésicule biliaire? Elle dit n'importe quoi, répète comme un automate des mots qu'elle m'a entendu prononcer enfant, et maintenant cela lui revient, c'est tordant, mais je ne peux pas rire, je dois utiliser toutes mes forces pour hurler :

Ce sont mes testicules!

Du coup, elle les regarde différemment, plus aucun trouble, tout est dans l'ordre, regard de la fille sur son père malade, persuadée que cela fait longtemps qu'il n'y a pas grand-chose là, petits trucs desséchés, plus ramassés que des noyaux de longane, la pitié affleure au bord de ses yeux, elle retrouve sa nature de bien-pensante, de fille dévouée, elle retrouve la puissance débile du bien portant sur le mort en sursis, je vous dis, c'est presque fatigant, tant de bêtise, c'est même louche, Dieu aurait pu mieux faire les choses, et je hurle que je suis en feu et elle dit, voletant de vide en vide, je vais appeler un médecin, et je hurle que je suis médecin et elle, voletant de plus belle, alors dis-moi ce qu'il faut faire, il faut me laver, je dois prendre un bain chaud, pas bouillant attention tu risques de me brûler, juste chaud, tu y plonges le coude avant, oui je sais, j'ai fait ça pour Malika bébé, c'est ça, tu fais comme pour Malika bébé, fais couler le bain et ensuite revenez me chercher toutes les deux, je ne pourrai pas marcher et mets-y quelques gouttes de lavande si tu en as et

Et quoi ?

Un verre de Chivas.

Je pense que je suis allé trop loin mais elle n'a pas entendu, elle sort, rentre, ressort, appelle Malika qui vient, l'air bougon, ombre conjurée du noir, elle ordonne à Malika d'aller me faire couler un bain pendant que je hurle un peu moins fort, fatigué quand même, puis elle change d'avis et dit à Malika que non, elle va le faire elle-même, Malika ne trouvera pas la bonne température, reste avec lui, dit-elle, il a mal aux

Au quoi ? demande Malika.

Elle ne peut pas.

Non, rien, dit Kitty, soudain renfermée. Reste là, c'est tout.

Malika me regarde avec curiosité. Je gémis, n'osant trop croiser son regard, avec elle on ne sait jamais.

C'est ta prostate? demande-t-elle sans grande sympathie.

Toutes médecins, du coup.

Je ne sais pas, dis-je. Peut-être. Ou peut-être est-ce autre chose qui se déglingue. Si je pouvais me passer au scanner, je saurais, mais là, tu vois, je sais seulement que j'ai mal.

Tu as mal à toi-même, c'est tout.

Merci, félicitations, diagnostic parfait.

Je ne suis même pas sûre que tu aies vraiment mal, poursuit-elle.

Je ne réponds pas. Cette fille est une tisane *haha* d'herbe bourrique. Cueillie là où toute une portée de lapins a pissé.

Quand je serai mort, tu auras la preuve que j'avais vraiment mal, dis-je, les dents serrées.

Elle tire une chaise et s'assied.

Causons, dit-elle, pendant que Maman prépare ton bain.

J'ai mal.

Je sais, mais comprends-tu pourquoi nous te haïssons?

Non, qu'est-ce que je t'ai fait?

Elle n'a pas de réponse évidemment, car à elle, je n'ai pas fait grand-chose, si tant est que j'aie fait quelque chose à qui que ce soit. J'en profite pour répéter, qu'est-ce que je t'ai fait, fasciné par l'absence de réplique dans son cerveau de tique (attention, je vais faire concurrence à Kitty en matière de poésie). Elle se reprend :

J'ai grandi avec les yeux nus de ma mère quand elle te voyait. Dès que tu arrivais, c'était le vide en elle, un vide si grand qu'à tout moment elle pouvait y basculer, et moi avec. Une telle peur, un tel silence. J'ai bu sa frayeur par osmose, j'ai absorbé sa terreur animale de toi et j'ai grandi pénétrée de cette peur alors que, c'est tout à fait vrai, tu ne m'as rien fait. Mais, tu comprends, je suis ma mère. Et quand elle te voyait, elle redevenait Kitty, la petite fille terrorisée. Alors la vraie question c'est : que lui as-tu fait, à elle, Grand-père ?

Je détourne la tête. Elle ne semble pas effrayée par ma nudité. *Besharam*, fille sans honte, grommelé-je.

Que lui as-tu fait ?

Tu veux dire que tu n'as pas compris ce qu'elle a ? lui dis-je doucement. Elle ne t'a jamais parlé de ses crises d'amnésie ? De ses cauchemars récurrents qui lui faisaient voir des sorcières partout ? Du fait qu'elle a été somnambule jusqu'à l'âge de douze ans ? Qu'une fois elle a cru qu'elle avait été attaquée par des fourmis rouges et qu'une autre elle a failli mettre le feu à la maison ? Elle ne t'a jamais dit tout ça ?

Elle secoue la tête. Elle ne comprend pas encore où je veux en venir.

L'enfant, tu vois, se croit seul responsable des disputes des adultes. Il torture sa petite tête en se disant, qu'est-ce que j'ai fait de mal ? Il pisse de peur face à ses propres bêtises, jusqu'à ce qu'il grandisse et se rende compte qu'il brille dans les yeux de sa mère une rage permanente qui n'a rien à voir avec ses bêtises : c'est tout simplement une rage d'être. N'est-ce pas à ce moment-là que tu as cessé de lui parler et de la voir ? Tu as bien fait de prendre le large à ce moment-là et tu as eu tort de revenir. Il est temps de voir les choses en face, Malika : ta mère est une espèce pathologique, un parasite qui ronge son hôte et le dévore à petit feu mais tarde à le tuer. Nous sommes tous les deux ses hôtes. Sa propre mère était ainsi. C'est dans leurs gènes, j'ai commencé à le comprendre quand je les ai vues devenir le miroir l'une de l'autre, la même bouche traversée de spasmes, la même violence expiatoire, avec ce visage d'ange clair qui n'admet aucun doute. Étant médecin, j'ai su déceler les anomalies. J'ai compris la paranoïa, la folie de la persécution. Mais tu sais comment on traitait les malades mentaux à cette époque ? On les enfermait à l'asile, on les assommait de piqûres et on les sanglait pour les empêcher de bouger. Ils dormaient sur des lits sans draps prétendument pour éviter le risque de pendaison, mais c'était surtout pour que le personnel soignant n'ait pas à les changer. (Elle jette un coup d'œil coupable à mon lit nu.) Je ne voulais pas de ça pour ma fille. Je n'ai dit à personne qu'il y avait des maniaco-dépressifs dans toute sa lignée maternelle. La menace du suicide était leur monnaie d'échange.

Je vois poindre l'inquiétude dans les yeux de Malika.

Ne vois-tu pas comment tout prend, pour elle, des proportions apocalyptiques? Ne comprends-tu pas qu'elle vit dans l'excessif, dans l'escalade, que sans ça elle n'a pas l'impression de vivre, que c'est sa normalité à elle? N'as-tu jamais pensé qu'elle refusait le bonheur même quand il était à sa portée — surtout quand il était à sa portée? Ne me dis pas que tu n'as jamais apposé le mot « folie » à sa fureur blanche, Malika.

Je lis toutes ses pensées, toutes ses émotions sur son visage. Je suis presque fatigué d'avoir toujours raison. Personne n'est à la hauteur. Même cette femme qui se croit forte parce qu'elle aime les femmes ne peut me résister. J'aurais aimé qu'un jour quelqu'un me voie clairement. J'aurais aimé qu'un jour quelqu'un me parle avec les mots de la raison. L'autre aurait pu le faire, je le sais. Elle ne s'en est pas donné le temps. Trop stupides, toutes, toutes, à désespérer de l'espèce. Elle aurait pu m'apprendre à l'aimer.

Tu vois, Malika, continué-je du ton docte du Dokter, mais sans trop de conviction tant tout cela m'ennuie, ses comportements pathologiques ont rendu impossibles toute relation normale, toute logique, toute rationalité. C'est la maladie pure et simple. Ta mère est malheureusement ainsi, et si tu l'aimes, si tu en as le courage, tu devrais la faire hospitaliser de force. Vous en avez encore le temps. Après, tu pourras retisser des liens normaux, reformer avec elle ce nœud filial sans lequel tu ne seras jamais entière. Sinon, ce sera impossible. Tu es responsable d'elle, et aussi de toi, de ta reconstruction. Ne te préoccupe pas de moi. Occupe-toi d'elle. Vous devez recomposer votre identité fragmentée.

La pseudo-psychologie a du bon. Je puise dans les articles que j'ai lus et tout cela semble très convaincant, tant que je reste dans les truismes.

Elle ne dit rien. Elle réfléchit. Ça risque de prendre du temps, vu la lenteur de ses synapses. Ou peut-être se dit-elle qu'il vaut mieux attendre que je sois mort avant de faire enfermer sa mère, sinon elle devra s'occuper de moi. Je ferme les yeux, soupirant de mes vraies douleurs. J'ai assez semé pour aujourd'hui. D'ailleurs, quand Kitty revient, les yeux rongés, les cheveux dressés, comme électrocutés, autour de sa tête, je me dis que je n'ai pas besoin d'en faire plus. Elles feront tout le sale boulot elles-mêmes, je peux me reposer.

Viens Papa, ton bain est prêt, dit-elle.

Ces mots sont plus terribles qu'elle ne semble le deviner. Kitty.

Sa main tendue vers moi tremble. Malika la regarde avec une sorte d'horreur et de pitié. Mes semences bourgeonnent. Bientôt les feuilles sortiront, vertes et bien formées. Et puis des fleurs. Et puis des fruits. Et puis Kitty à l'hôpital psychiatrique. Et puis Malika bien embêtée de n'avoir plus personne sur qui compter, à part sa Marie-Rose.

Ce regard de Malika sur Kitty est une chose réjouissante. C'est moi, moi seul, qui ai fabriqué cet instant de doute et de répugnance. Kitty ne sait pas ce qui se passe dans la tête de sa fille en ce moment, elle ne comprend pas combien elle est proche de l'enfermement psychiatrique. Je savoure.

Mais ensuite, Malika reprend les rênes de son esprit à sens unique. Elle est plus forte que je ne m'y attendais. Le regard qu'elle tourne vers moi est rempli de doutes. Je vais la rendre folle, la pauvre. Elle soupire, terrassée par tant d'incertitude.

Je vais t'aider, dit Malika.

Elles me mettent en position assise dans le lit, chacune passe un de mes bras sur son épaule, elles me soulèvent et me portent ainsi jusqu'à la salle de bains. Je ne fais aucun effort pour marcher. À quoi serviraient-elles, sinon, les bonniches ?

Elles m'aident à entrer dans le bain. Il est à la bonne température. L'eau sent bon la lavande. C'est un délice que de sortir de cette chambre pourrie.

Je m'allonge dans l'eau. J'aime la propreté et les bonnes odeurs à tel point que j'ai l'impression de redevenir jeune : l'eau efface la vieillesse de mon corps.

La main de l'eau est plus douce que celle de Kitty. Elle ne mélange pas les émotions et les passions. Elle n'hésite pas non plus. Elle glisse, s'insinue, se distille lentement à travers mes pores. Baigné de la lune de l'eau, j'ondule mes chairs émaciées et dévastées, mes muscles oubliés. J'ai envie de jouer comme un enfant, mais pas sous leurs regards barbelés.

Sur le rebord de la baignoire, il y a un verre de Chivas. Je souris à Kitty. À contrecœur, elle me rend mon sourire. Elle ne peut s'empêcher d'espérer. Elle prend le verre et l'approche de mes lèvres. J'en avale une gorgée, lente, lumineuse.

Les crétines sont chiffonnées. Je me sens lisse et neuf. Il est encore possible d'être heureux.

Ô bêtise humaine.

Retour dans la chambre nettoyée, aérée, aspirée, serpillée, désodorisée pendant le bain par Kitty, estomac chaud de Chivas, peau fleurant lavande, pyjama propre repassé — que c'est bon, ce tissu craquant, comme neuf, où s'accroche comme une caresse le parfum de lessive qui y a été scellé par le fer à repasser. Tous mes recoins sont propres, décrassés, dégraissés; la fenêtre ouverte laisse entrer une brise mouillée d'une pluie récente que je n'ai pas entendue et l'odeur du gazon coupé dans le jardin du voisin, odeur brumeuse, tendre, chaleur, pluie, lumière, toutes les conditions sont bonnes pour que l'herbe repousse vite, immense continuité.

Même les oiseaux ne me dérangent plus. Je suis réconcilié avec eux. Ils font partie du monde. Tous ces bruits, dehors. Vent, feuilles, avion de passage, voiture, tondeuse, oiseaux, chiens. Femme qui chante au loin. Tiens, il y a des femmes heureuses? Le monde, dehors. Depuis quand fait-il jour? Depuis quand la nuit est-elle finie? Je n'y croyais pas, à la fin de la nuit. Mais il y en aura une autre, sans sommeil, parce que j'ai pris l'habitude néfaste de dormir le jour. Plus de sommeil, la nuit. Le jour est rassurant, on n'a pas peur du jour, mais la nuit on reste là à écouter le silence et c'est là que les choses vont mal parce qu'on a mal à soi, comme dit Malika, mal à la nuit, parce qu'on ne choisit pas les souvenirs qui émergent comme des squelettes de leur magma d'oubli, ces cadavres de souvenirs que l'on croyait depuis longtemps enterrés, les voilà qui ressortent et c'est pour cela qu'il vaut mieux brûler les morts : même enterrés, ils ont la fâcheuse habitude de revenir, de fouiller la terre à l'envers comme dans un film d'horreur pour revoir le ciel et on ne perçoit que trop clairement la fureur de leurs orbites vides, de leurs dents jaunies. Le ricanement des souvenirs que l'on croyait enterrés est effroyable. Je ne dois plus dormir le jour, au contraire, je dois me remplir de vie en écoutant les bruits, fenêtre ouverte, et ensuite je dormirai la nuit pour qu'elle passe plus vite et ainsi je continuerai à vivre, j'aurai un bain tous les jours, lavande, Chivas, Kitty, et puis je dormirai dans des draps propres, pyjama repassé, souvenirs endormis aussi, peu de rêves, oui, ainsi je pourrai continuer à vivre si on m'en laisse le temps. Il y a finalement un bonheur à capturer, même dans un lit, juste à cause d'une brise mouillée et du gazon coupé.

Le seul problème, le seul vrai problème, c'est de les savoir là, elles, à l'affût comme des chiennes en manque. Cela me met en rogne, me fait suer de rage, et j'oublie alors qu'il y a quelque douceur à la vie. Face aux dévoreuses, aux vampires, aux parasites, difficile d'être en paix ; elles me forcent à revivre les fantômes, elles les réveillent, elles ne veulent pas laisser dormir un vieil homme souffrant, pas de fin de vie sereine, elles vont me ronger la chair et les organes et me laisser sécher dans le lit, vivant sans vivre, mourant sans mourir, aucun espoir ne demeure tant qu'elles seront là, toutes les deux.

Je ferme les yeux. Non, je ne dois pas dormir, pas dormir le jour dans cette lumière si douce, si verte qu'elle berce, qu'elle me berce, moi qui n'ai pas de mère, que des ennemies prêtes à m'assassiner de solitude. Ma mère, elle, vendait des patates douces, assise sur un petit banc de bois au coin de la rue La Corderie, à Port Louis, presque au ras des pieds des gens. Elle se prenait toute la poussière dans la gueule, elle rentrait tannée et échevelée, le sari crasseux, les ongles noircis alors qu'elle était si propre sur elle, et elle trouvait encore la force de me sourire, de me caresser les cheveux de ses ongles sales. Je n'ai jamais été dégoûté par elle, jamais. Elle me préparait des gâteaux-patate avec les tubercules qu'elle n'avait pas réussi à vendre et je détestais cela parce que c'était les seuls gâteaux auxquels j'avais droit, mais aujourd'hui j'y pense et l'eau me vient à la bouche à ce souvenir, depuis quand n'en ai-je pas mangé, de ces petits croissants bruns et mous, de ces coussins dodus bombés sur leur garniture de noix de coco râpée et de sucre, et les dents s'enfonçaient sans résistance dans une couche fondante suivie du craquellement de la noix de coco cuite et du sucre à moitié fondu, et puis de nouveau l'enveloppe souple, le chant sucré de mon enfance. Maman faisait cela pour me consoler de notre inconsolable pauvreté et moi je réussissais tous mes examens pour la consoler de n'avoir rien à me donner, mais elle ne l'a jamais su parce qu'elle ne m'a pas vu Dokter.

Même pas ce cadeau-là du destin, rien du tout.

Une fois partie, je n'ai plus rien reçu des femmes.

Un jour je l'ai vue, elle, quinze ans, qui riait devant un feu d'artifice. J'ai entendu son rire avant de la voir. Avant de me retourner, j'ai su que c'était elle. Elle portait un sari rouge et son visage était allumé du feu d'artifice qui la teignait de rouge, de jaune, de bleu, de violet, comme son rire — une femme feu d'artifice, ça ne se rencontre pas tous les jours. C'est ainsi que je l'ai découverte. Comment pouvais-je savoir que le mariage la laisserait telle, dans l'explosion d'une incandescence factice?

Notre génération devait grandir vite. Pas comme aujourd'hui, où les jeunes sont des enfants attardés à trente ans et où la vieillesse est un gros mot. Au contraire, dès quinze ans on était adulte, on avait la responsabilité de sa famille parce que les parents à quarante ans étaient usés comme des chaussures trop portées et on savait qu'il fallait prendre le relais et le bâton, je ne pouvais laisser pourrir ma mère au bord de la route, je devais grandir vite, réussir vite, ne plus être une charge pour elle, prendre soin d'elle — mais je n'en ai pas eu le temps.

Alors, elle, ma femme, je pensais qu'elle assumerait de même ces interminables devoirs, qu'elle serait ma partenaire, je m'imaginais rentrant le soir dans une maison parfaitement entretenue par une femme au visage nocturne et à la natte infinie, et, traversant le seuil, j'aurais poussé un soupir qui m'aurait dégagé de tous mes soucis, de tous mes morts, des gangrènes, des infections, je serais rentré et mes épaules se seraient redressées parce qu'elle aurait été là, en jaune, en rouge ou en orange, feu et flamme mais aussi le seuil de mon repos. Voilà comment je m'imaginais les choses.

Ne me dites pas que c'était déraisonnable.

Je me suis retrouvé avec une succession d'enfants sur les bras. Elle, Kitty, Malika. Moi, l'homme, ne pouvais me reposer sur personne. Toutes se tournaient vers moi comme leur sauveur.

Je ne suis le sauveur de personne. Pas même des malades, à vrai dire. Je peux le dire, aujourd'hui, puisque je ne soignerai plus personne. Les guérisons étaient toutes miraculeuses parce que certains guérissaient et d'autres pas sans que j'y sois pour grand-chose. Mes connaissances me permettaient tout juste de les retenir, vacillants, au bord. S'ils retrouvaient leur équilibre, c'était par le plus grand des mystères.

Bien sûr, je ne le dis que maintenant. Avant, j'étais persuadé de mes pouvoirs. Maintenant, face à la folie de ces femmes, je vois bien qu'il y a des choses que l'on croit savoir mais qui nous échapperont toujours. La médecine, c'est toujours du chamanisme. Rien de plus. Danse de pluie, chant de guérison, gestes superstitieux qui ont un résultat ou pas, ma mallette ne contenait que des gris-gris.

Je ne m'en suis même pas rendu compte ce soir-là, où l'homme est venu me chercher en pleines émeutes et grèves dans les propriétés sucrières pour aller soigner son frère. J'aurais pourtant dû comprendre, après, que mon geste n'était pas celui d'un vrai médecin. Celui qui ne fait pas la différence entre une bête et un homme peut-il se dire véritable médecin ? Non, tout au plus un Dokter-Dieu pour ces imbéciles prêts à tout gober, à tout avaler, ce comprimé guérira votre jambe massacrée, oui, Dokter, vous comprenez qu'il n'y avait rien à faire, oui Dokter, sans ça vous seriez mort, oui, Dokter.

Non, vous ne seriez pas mort. Vous seriez vivant, avec vos deux jambes. Si je n'avais pas déclenché la colère du chauffeur de taxi. Si, quinze ans auparavant... Si... Comme dans les mythologies, de longs filaments de causes et de conséquences nous enchaînent à nous-mêmes. Ils nous font commettre des erreurs qui, des années plus tard, reviennent nous casser la gueule.

Il y avait des grèves dans les usines sucrières, sur les *tablissements*, comme on les appelait, donnant une étrange résonance à ces masses de fer et de machines qui déchiraient nos paysages. Même vieille histoire sans cesse rejouée des puissants et des soumis. Rien de bien nouveau à tout cela. Les propriétaires des usines broyaient les journaliers et ruinaient d'un seul coup les petits planteurs en décrétant que leurs cannes n'étaient plus conformes. Ils vendaient leur sucre aux Anglais et les laboureurs devaient manger la cendre de leur amertume et de leur défaite en silence. Les gens mouraient de faim et de cette colère rentrée qui leur rongeait les entrailles. Mais les anciens colons ont fini par constater que ces Indiens pâlots et fayots étaient eux aussi capables d'exprimer leur colère, au lieu de toujours dire oui *mo bourzois*, bien *mo bourzois*. Ils ont déposé leurs serpes. Ils ont refusé de couper la canne. Celle-ci mûrissait sur pied et serait bientôt inexploitable. Les propriétaires ont envoyé des hommes pour tabasser les laboureurs et les obliger à reprendre la coupe, sur les genoux s'il le fallait. Après tout, ils étaient habitués à vivre à genoux.

À Port Louis, nous étions loin des *tablissements*. Il n'y avait pas lieu de nous soucier de notre propre sécurité.

Une nuit, on frappe à ma porte. C'est un homme que je connais, un homme du quartier. Il me dit que son frère, laboureur sur la propriété de Mon Trésor Mon Désert, a reçu une balle et a besoin d'aide. La famille n'a pas osé franchir les barricades pour l'emmener à l'hôpital. Les hommes sont devenus des bêtes, ce soir, dit-il, impassible. Il a décidé de venir chercher le Dokter. Lui, on le laissera passer, tous le connaissent, ils n'oseront pas l'empêcher d'emmener un patient, lui seul peut sauver l'homme blessé. Alors il est venu me chercher en taxi, s'il vous plaît, Dokter, venez, mon frère est entre la vie et la mort.

Je ne pouvais refuser. Il exagérait quant à l'état du patient, comme d'habitude, ils étaient tous à l'article de la mort quand ils venaient me chercher, mais je n'avais pas le choix : j'étais le sauveur. J'ai réveillé Kitty et nous sommes montés dans le taxi.

La route vers le sud était longue. Kitty s'est endormie, la tête sur mes genoux. Je regardais la mer que nous avons longée, puis les montagnes aux formes changeantes sous la lune, et les enfilades de champs de cannes, le trésor de l'île, et aussi son désert de cruauté parce qu'il venait à bout de tant d'hommes remplaçables à l'infini. Curieux nom pour une propriété sucrière : Mon Trésor mon Désert. Et en même temps juste. Le silence était étrange, quand on savait combien d'hommes avaient été tués pendant ces émeutes. On aurait dit que cette nuit était une trêve. Il ne se passerait rien parce que je la traversais, moi, je traversais l'île de nord en sud, j'étais le Dokter-Dieu que rien ne pouvait toucher, j'arriverais là-bas, je soignerais l'homme, je l'emmènerais à

101

l'hôpital et les barricades s'écarteraient pour nous, s'écarteraient par respect pour moi, pour moi seul, les hommes sanguinolents seraient au garde-à-vous, nous passerions, seuls et droits, et les cannes se fendraient pour nous ouvrir leur route de sucre et de violence.

Je commençais à m'endormir, malgré la nervosité de l'homme qui était venu me chercher. Ouvrant les yeux, j'ai vu que le chauffeur me regardait avec insistance dans le rétroviseur. J'avais remarqué ce manège depuis qu'on avait quitté Port Louis.

Pourquoi me regardez-vous comme ça ? ai-je demandé.

Il a fait un bruit moqueur de la bouche, un « tchk » détestable.

On s'est déjà rencontrés, dit-il. Vous ne vous en souvenez pas ?

Non, désolé. Je vois beaucoup de gens, je suis médecin, vous savez.

Oui, je sais. C'était il y a quinze ans. Ma mère était très malade, elle avait mangé quelque chose qui l'avait empoisonnée.

J'ai essayé de me souvenir. Bien évidemment, cela ne me disait rien. Ces gens croyaient que je devais me rappeler chaque rhume et chaque colique que j'avais soignés.

Et donc, a-t-il poursuivi, mon père est venu vous chercher au milieu de la nuit. J'avais dix ans. Je croyais que ma mère allait mourir. Mon père est revenu avec vous. Toute la famille vivait dans une seule chambre. Vous êtes entré, vous avez vu la chambre, le lit dans lequel on dormait tous, un fauteuil dans un coin, la cuisine dans un autre coin et les quatre enfants autour du lit et ma mère qui vomissait et vous avez dit, en regardant mon père dans les yeux : vous pouvez me payer ?

La voiture roule pendant quelques minutes suspendues dans le temps.

Vous pouvez me payer ? a répété le chauffeur, m'observant dans le rétroviseur.

Une chaleur m'est montée au visage. Oui, je m'en souvenais. Oui, cette chambre à l'odeur terrible, cette femme qui souffrait de diarrhées telles qu'elle ne pouvait que faire sous elle et ces enfants suffoqués par l'odeur, oui, c'était hallucinant de voir cette famille entassée dans cette minuscule chambre, tellement effrayée par cette maladie inconnue qui terrassait la mère. Pourquoi avais-je posé cette question ? Je n'avais pas l'habitude de faire payer les plus pauvres. Pourquoi ? Je ne m'en souvenais plus.

Je devais avoir besoin d'argent, je n'en sais rien, moi. Ou alors, l'idée de passer toute la nuit auprès de cette femme, dans cette chambre engluée dans les pires humeurs du corps humain, et de repartir au matin les mains vides avait été au-dessus de mes forces. Il y a dans la vie de ces moments de fatigue et de découragement où le prochain pas dans le même flot tourbeux semble impossible. On s'arrête, on hésite, et on pose la question la plus stupide, mais aussi la plus sincère qui soit : pouvez-vous me payer ? Je reconnais que c'était totalement dérisoire, à la limite de l'absurdité; je reconnais l'insulte et le camouflet impossible à oublier, même après quinze ans.

Mon père n'a pas répondu tout de suite, a poursuivi le chauffeur. Puis il vous a montré la porte. La porte est là, Dokter, il a dit. Il n'a rien dit d'autre, il a attendu. Et vous êtes parti.

Une mélancolie me saisit à ce souvenir.

Et votre mère?

Elle s'en est sortie. Pas grâce à vous.

La voiture était silencieuse. On ne savait plus quoi dire. Le chauffeur a arrêté la voiture. J'attendais. Il attendait.

Et maintenant, a-t-il fini par dire, je vais vous dire la même chose que mon père, puisque le destin m'a donné cette chance : la porte est là.

Nous ne savions que faire. L'homme dont le frère était malade a essayé d'argumenter avec le chauffeur. Son frère était malade, il avait besoin de cette voiture pour le ramener à l'hôpital. Vous en trouverez une autre, a dit le chauffeur. Je ne veux pas de lui dans ma voiture.

Finalement, j'ai vu qu'il ne changerait pas d'avis. J'ai réveillé Kitty et nous sommes tous descendus, sauf le chauffeur qui a démarré, a fait demi-tour et a disparu, nous laissant seuls en plein milieu de la campagne sous une lune grosse et rigolarde.

Je sais ce qu'on dira de moi. De nos jours, les hommes comme moi se font lyncher pour crime de mal-pensance. Ce qui me fait rire, c'est que certains pensent comme moi, exactement comme moi, mais ils n'osent plus le dire. Être traité de machiste ? De *male chauvinist pig* ? Voir sa femme claquer la porte et ses talons hauts dès la première remarque un peu misogyne ? Mieux vaut se tenir coi. Ne rien dire. Obéir aux soldats femelles. À la police des pensées. Faire la vaisselle, c'est plus facile que de rester seul, étiqueté à vie. Sachant en même temps qu'à trop respecter les femmes, on ne se respecte plus soi-même.

Je l'admets, avant c'étaient les hommes qui jouaient ce rôle-là. Peut-être y a-t-il une justice à ce que la situation se soit ainsi retournée. Sauf qu'elles ne parviennent pas à aller jusqu'au bout de ce choix. Elles resteront toujours accrochées par un bout de sein à un enfant qui exigera tout d'elles et boira tout d'elles et ne leur pardonnera pas de l'avoir privé et d'un père et d'une mère, puisque aucun ne remplit plus tout à fait ce rôle. Cette culpabilité-là, elles ne s'en remettront pas. Au moins les hommes ne sont-ils attachés à l'enfant que par un acte lointain, bien avant qu'il se forme. Aucun monstre quémandeur n'a grandi dans notre ventre.

Kitty a été un monstre quémandeur dans le ventre de sa mère. Déchirure. Hémorragie. Pâleur assassinée de la jeune mère qui a l'air d'avoir onze ans. Mais dès qu'elle apparaît, plus aucun souvenir de souffrance. Elle se souvient de chacune de mes gifles, ça oui, mais pas de la tête de l'enfant lui déchirant le vagin. Les deux jours les deux nuits de gémissements, de hurlements, de suée. Oublié, tout cela, parce que la mère est un animal qui met bas avec chaque fois le même enchaînement à son instinct.

Et ensuite, plus rien ne compte.

J'ai accouché tant de femmes que j'ai désacralisé cet acte depuis longtemps. C'est biologique, point. Ces femmes qui culpabilisent les hommes parce qu'elles portent l'enfant et accouchent dans la douleur ne savent pas à quel point elles sont grotesques face à l'acceptation simple et humble des autres animaux. J'ai été chez des paysans où les femmes et les vaches accouchaient en même temps. Je courais de l'une à l'autre. Je ne savais plus qui était qui. Une fois, j'ai soigné une vache qui n'arrivait pas à mettre bas parce que les pattes du veau étaient coincées en arrière au lieu d'être rassemblées auprès de la tête. La tête était sortie mais les pattes coudées restaient bloquées. Le cou étranglé du petit s'était enflé. Il n'y avait pas de place pour passer la main et le changer de position. J'ai regardé la vache dans les yeux. Ses yeux de nuit froide refusaient de trahir sa souffrance, tandis que, dans la case là-bas, la femme hurlait à la lune. J'ai dû couper la tête du veau pour pouvoir plonger la main et dégager le reste du corps. J'ai accouché un corps décapité. Elle a regardé son petit, scindé en deux, la tête coupée posée à côté du corps, et ses mamelles ont expulsé un lait épais et tendre et parfumé en un dernier acte de maternité d'une extraordinaire beauté.

C'est seulement après que je suis allé m'occuper de l'autre vache qui n'a eu, elle, aucun mal à faire sortir l'enfant.

Des années après, j'ai lu un poème de Ted Hughes où il décrivait exactement la même scène. Il n'y a que les hommes pour avoir ce courage et cette compassion-là.

Oui, on peut me prendre pour un misogyne, mais je ne fais que constater l'évidence. Je ne m'érige pas en juge. Il n'y a qu'à voir les deux exemples de féminité que j'ai auprès de moi en ce moment : quelle est leur raison d'être ? À quoi sert cet assemblage de cellules inutiles ? Ça marche, ça bouge, ça parle, ça vivote. Et quand ça aura disparu ? Il n'y a pas de question plus terrible, après la mort, que *à quoi a-t-elle servi* ?

Prenez Malika : tout droit sortie d'une caverne préhistorique, chaînon manquant ; Malika, yeux perplexes de l'incongruité d'être. Enseignante à

Case Noyale, enfin, ex-enseignante puisque désormais virée, et maintenant caressant son rêve de venir en aide aux enfants des pêcheurs. Mais que sait-elle de la haute mer, de ces enfants qui font semblant de plonger en apnée à la recherche de coquillages qu'ils ont plantés là plus tôt pour les vendre aux touristes épatés, et qui apprennent cinq langues pour mieux les rouler encore, qui leur vendent des pacotilles comme à des êtres primitifs, juste retour des choses, que sait-elle de leur monde, de leur odeur de poisson et de salive et de goémon et d'anguilles ? Elle ne sait rien et elle veut leur faire la leçon. Qu'elle aille vers sa noyade. Plus vite on aura tiré un trait dessus, mieux on se portera.

Et Kitty : soyons juste, pauvre Kitty, ce n'est pas pareil, elle aurait pu être autre chose, pauvre Kitty, fleur de serre pourrie, trop vite flétrie, pauvre Kitty, enfouie dans l'humus de sa folie. Seul objectif de vie : me manipuler. C'est là tout ce qu'elle a trouvé pour devenir quelque chose, à défaut d'être quelqu'un. J'ai fait des rêves pour elle, des rêves d'elle. Je pensais... Mais bon, il n'est plus temps pour ce genre de regrets.

Pour ses quinze ans, cet âge qui m'a toujours semblé obscurément fatidique, je lui ai fait coudre une robe de velours. Je lui ai acheté des chaussures neuves, le chapeau et le sac assortis. Je les ai posés sur son lit avant qu'elle se réveille et je me suis caché dans son armoire pour surprendre son premier regard de bonheur. Cela faisait long-temps que je me disais qu'avec ces yeux-là, le rire de Kitty devrait être sublime. Mais Kitty ne riait jamais.

Elle s'est réveillée. Elle a vu les cadeaux et a regardé autour d'elle comme s'il s'agissait d'une mauvaise blague. Accroupie sur le lit, elle a déballé les paquets, étalé la robe, posé le sac à côté, le chapeau au-dessus, les chaussures plus bas. Ayant fait tout cela, elle n'y croyait toujours pas. Elle a attendu que les objets se dissipent avec le sommeil encore lourd dans ses yeux ou se désagrègent au premier soleil. Au bout d'un moment, elle a de nouveau touché la robe, caressé le bleu royal du velours, les ganses blanches, le liseré du col, la boucle argentée de la ceinture. Elle a respiré le cuir du sac et des chaussures. Elle a fait une grimace comique en pinçant les narines pour ne pas pleurer. Moi, j'attendais qu'elle les essaye, qu'elle porte la robe et le chapeau et le sac et les chaussures, je commençais à m'impatienter, la chaleur de l'armoire a fait jaillir une sueur aigre de mes aisselles.

Elle a pris tout son temps. Non par plaisir mais parce qu'elle avait peur qu'on ne la surprenne perdant son temps à des futilités, s'arrogeant le droit au plaisir. Elle a fini par se décider. Elle a enlevé sa chemise de nuit et a enfilé la robe par le dessus, en faisant bien attention à ne pas la laisser traîner à terre. Elle a levé les bras pour passer la robe et l'a laissée glisser sur elle avec un tout petit geste du torse. La robe s'est déposée sur son corps, parfaitement ajustée. Le haut était étroit, avec ses petits boutons de nacre et son col bleu et blanc, la taille était fine et bien cintrée. La jupe, elle, était pleine, l'étoffe lourde et fluide donnant une ampleur aux plis naturels qui lui tombaient jusqu'aux mollets. Elle a attaché la ceinture, mis les chaussures et, après une longue hésitation, a posé le chapeau sur sa tête et accroché le sac au creux de son coude.

Elle s'est regardée dans le miroir. Elle a paru surprise et effrayée. Caché dans l'armoire, j'ai éprouvé la même stupeur. Mon ventre s'est resserré. Ce qu'il y avait dans ce miroir, ce n'était pas Kitty, la sauvage, Kitty l'éternelle effarouchée. Il y avait là une. Il y avait là une femme. Plus ma fille Kitty. Autre chose. Exactement sa mère si elle avait porté des robes au lieu de saris. C'était sa mère que je voyais dans le miroir. Mais Kitty, elle, ne pouvait le savoir. Ce qu'elle voyait, c'était elle-même. C'était quelqu'un qu'elle n'avait jamais vu.

Elle a fini par sourire. Par incliner le chapeau selon un angle coquin. Par porter le sac de plusieurs manières différentes. Par faire claquer ses premiers talons hauts. Par tourner sur elle-même pour voir voler la robe et en sentir le heurt contre ses jambes lorsqu'elle s'arrêtait. Et enfin, par danser pour de vrai, une main posée sur une épaule imaginaire, l'autre main tenue par une main imaginaire. Pour la première fois, je me suis rendu compte qu'elle pouvait penser à un homme, qu'elle s'imaginait dansant avec un homme qui la guidait à travers la chambre, qu'elle souriait à cet homme avec un sourire de femme, et qu'elle levait les yeux vers lui puis les détournait avec l'habileté d'une séductrice consommée.

Ma tête était sur le point d'exploser. Je suis sorti de l'armoire pendant qu'elle dansait encore. Au bout de quelques secondes, elle m'a vu dans le miroir. Elle s'est arrêtée net. Ses mains ont gardé leur pose artificielle, main gauche plus haut, recourbée sur l'épaule de l'homme invisible, main droite plus bas, refermée sur sa main. Sa bouche souriait toujours, mais le sourire s'était dénaturé en une grimace de terreur.

La jupe a continué à danser toute seule tant ses jambes tremblaient.

Je croyais lui faire plaisir en lui offrant pour ses quinze ans une si belle tenue.

La regardant, je n'ai prononcé qu'un mot : Chienne.

Je vais mourir et j'ai envie de dire ce que personne n'ose plus dire. L'honnêteté de pensée est désormais un crime. Pas le droit d'admettre qui l'on est ou d'accepter les aires obscures de notre être. Moi, j'accepte. Et je prétends aussi que j'étais bien meilleur que la plupart des hommes de mon époque, et infiniment meilleur que ceux de maintenant, parce que je suis passé par la misère, par la faim, par la souffrance et que j'en suis sorti victorieux. Le combat est ma seule raison d'être. Je ne m'avouerai vaincu ni par la vie ni par la mort, et encore moins par les femmes. Je ne ploierai pas sous le regard des autres, qui si hâtivement jugent et condamnent. Je verrai bien si la mort accepte de me regarder dans les yeux. J'ai tordu ma vie comme une barre de fer de mes propres mains pour qu'elle prenne les formes que je voulais lui donner, même si parfois cette barre était brûlante et que mes mains en ont gardé les traces. Je n'ai pas peur du jugement des autres.

Que voulez-vous que l'on dise à mes obsèques ? Aucune ambition d'être cet homme ordinaire dont tous disaient à ses funérailles qu'il était un homme bon, alors qu'ils n'en avaient rien à foutre de son vivant. *Enn bon dimunn*, ils n'avaient que ça à la bouche, comme un chœur grec, comme une chorale, comme des moutons. Bêê bêê bêê... J'étais là, je pensais à lui et je me disais, face à la masse bêlante, que cet homme n'avait rien fait de sa vie, rien du tout, il était une pâle copie de quelque chose qui ressemblait à un être vivant, on le voyait à contre-jour même quand il était face au soleil et personne ne se souvenait de ses traits, lavage blanc de l'anonymat, et je me disais, voilà que les gens, ces gens qui devaient se moquer de lui dans son dos, viennent seriner sur son cadavre le chant de sa bonté. Est-ce ce que je veux qu'on dise de moi à ma mort ? Cet homme-là n'a rien compris. On peut faire seriner ce qu'on veut aux gens sans nécessairement être un couillon fini. J'ai pu être un sage, un Dokter-Dieu, un héros de l'indépendance, et c'est ce qu'ils diront de moi à mes obsèques, mais personne ne saura vraiment ce que je pense d'eux. Il suffit d'être plus malin. La bonté n'a rien à y voir. L'intelligence est notre bien le plus précieux, mais elle n'est pas à la portée de tout le monde.

Je suis fatigué. Même quand je me sens mieux, que les mille douleurs de la maladie consentent à vider temporairement les lieux, les souvenirs finissent par reprendre le dessus et m'entraîner là où ils le veulent. Pas de repos. Je ferais mieux de dormir, quitte à affronter une autre nuit de violence et de solitude.

Mais pas envie de dormir. Elles deux, quelque part dans cette maison, se vautrant dans leurs jérémiades comme des hippopotames dans leur bain de boue, parlant de moi, mines outrées, haleine viciée, soufflant de l'eau par leurs narines, ton grand-père, ton père, ne prononcent pas mon nom, n'oseront jamais m'appeler par mon nom complet, pour elles c'est le nom tabou de Dieu : Bissam Sobnath, Dokter Bissam, c'est ainsi que m'appelaient mes patients. Si elles voulaient vraiment se défaire de leur peur, elles devraient dire notre ami Bissam, ou bien encore le vieux Sobnath, ou même Ton Sobnath, comme si j'étais leur serviteur ou leur jardinier. Cela me ramènerait à leur mesure. Elles seraient alors capables de parler de moi sans trembler. Mais non, je sais bien qu'elles en seront incapables. Nom tabou. Dieu de leurs terreurs intimes. Elles murmureront toujours, du bout des lèvres, ton grand-père, ou ton père, se condamnant chaque fois à leur rôle de fille, de petite-fille, de femelle engendrée. Elles n'auront pas l'intelligence de comprendre qu'adultes, elles peuvent se sortir de cette gangue. Elles pourraient enfin commencer à grandir puisque je ne serais plus là pour les maintenir dans leur état naturel d'enfant peureux.

Si je le voulais, je pourrais les libérer de moi, leur donner la clé pour ouvrir le cadenas et s'échapper, je pourrais, par grandeur d'âme, leur ouvrir la porte de l'exonération, prendre sur moi tous les torts et leur dire qu'elles n'ont rien à se reprocher, vraiment rien, puisque le monstre, c'est moi.

Mais pourquoi devrais-je faire preuve de grandeur d'âme ? En ont-elles montré, elles ? Pourquoi dirais-je que je suis un monstre quand je ne suis qu'un homme ?

Les secrets, mes chéries, leur dirais-je, sont tels que personne n'en sort indemne.

La condamnation des autres est facile. Mais se regarder en face ? Oser voir ce qu'on a passé sa vie à se dissimuler si soigneusement ? L'étude du genre humain ne me passionne plus. Je comprends trop bien les humains, je perce leur âme dès le premier regard. Je vois à travers leurs mensonges et leurs illusions et parviens ainsi à me jouer d'eux sans aucune peine. Désormais tout cela me désole et m'ennuie. Plus envie. Je n'ai d'ailleurs plus que ces deux spécimens minables dont je connais par cœur les rouages et les outrages. Elles ne m'amusent plus. Bien sûr, je peux encore jouer avec elles et rire brièvement de leur ductilité, mais quand on joue au poker avec la mort, ces pâles figures de vivantes n'ont d'intérêt que pour quelques secondes. Je puis être un marionnettiste et les faire danser au bout de mes ficelles, mais à un moment donné, lassé du spectacle, je n'ai plus qu'une envie : enrouler ces ficelles autour de leur cou déplumé et tirer très fort, jusqu'à ce qu'elles ne dansent plus que des soubresauts de la mort.

Que faire ? Que faire ?

J'ai dû m'endormir. Je dois encore dormir, puisqu'elle est là. Nous marchons dans les salines. Brise verte. Étendues plates, carrés de mer s'évaporant lentement pour ne laisser qu'un résidu de sel d'un blanc insoutenable. Sari vert comme la brise, qui sinue avec les mêmes caresses, vient vers moi, repart, revient, repart, il n'y a plus qu'un sari, une forme à peine perçue, un fantôme de soie qui me tente, que j'ai envie de saisir mais dans mon rêve je sais que je ne saisirai que du vent. Je frissonne à la poursuite du sari vert.

Le sel entre dans mes narines. Arrête, lui dis-je. La forme s'arrête, le sari continuant de trembler d'inexistence, sur le point de s'évanouir. Arrête. Peu à peu, la forme s'arrondit. Le ventre devient protubérant. Oui, nous nous étions promenés un jour de brise et de lenteur, alors qu'elle attendait notre fils. Elle était loin de moi. Elle ne me regardait pas. Elle marchait, pieds nus, et ses traces étaient celles d'un enfant. Mais le visage de profil n'était pas celui d'un enfant : c'était le visage d'une absence. Je ne pouvais plus la lire. Elle ne consentait à me livrer que la plus illisible des surfaces.

Le ventre grossit. La démarche est un peu plus lourde. Les traces d'enfant se creusent. Le sari verdit, s'enfle, s'épanche. Eaux perdues. Gouttes de sang. L'enfant sortira tout à l'heure. L'enfant mourra plus tard. Et, quelque temps après, elle le suivra. Mort terrible.

Ce n'est pas parce que je lui ai renversé une marmite de riz sur la tête. Ce n'est pas pour ça qu'elle est morte. Personne ne me croira. J'ai gardé le secret alors même qu'il me brûlait le corps. Brûler ? Il corrode, il dépèce, il casse les doigts du mourant un à un, c'est un secret qui torture et que je ne peux pas dire parce qu'il faudra alors que je dise pourquoi, et qui. Qui : la grande question sur laquelle se fondent toutes les condamnations. Qui : la cour préside et tranche, mais quel châtiment ? Quelle cour de justice préside aux fautes des siens ? Surtout à celles d'un enfant ? Il n'y a jamais eu que moi. Juge et partie.

La punition un soir parce que la vérité est irréversible. L'horreur absolue, nue, coups sur les fesses, chienne, cochon, mais après, cette main ne voulait plus frapper, plus du tout. C'est comme cela que ça s'est passé la première fois, mais pas les autres. Toujours, ce besoin de punir, de les punir toutes, générations de femmes qui ne méritent rien d'autre que d'être tabassées parce que leur goût est trop amer ou trop sucré et c'est à chaque fois un mensonge, je vous le dis, tout en elles est mensonge, et le sari qui flotte, faisant semblant de porter un enfant qui mourra, c'est le sari d'une morte depuis longtemps qui fait remonter de mon estomac une bile malsaine. Je vais mourir empoisonné par la haine de mon secret.

Il faudra que je m'en débarrasse avant.

La brise de sel a emporté le sari vert. Elle n'est plus. Mais j'entends quelque chose de glacé venant de loin là-bas, au-delà des salines, là où la mer est coupée en deux par des rochers qui ressemblent à des glaives. J'entends la voix de son horreur. Le sari vert sait tout. Maintenant, il s'enveloppe autour de mon cou et il tire, tire. Je ne suis plus le marionnettiste. Je suis le mannequin brisé.

Je me réveille et je me souviens que le sari vert a brûlé. Le corps qui n'existait pas s'est consumé avec une facilité malveillante : il avait envie de disparaître. Il est resté immobile, tandis que mille étincelles s'échappaient du vêtement telle une pluie d'or. La chaleur est devenue suffocante. Le tissu fin comme une aile de mouche était parfait pour se transformer en brasier. Elle n'a pas bougé, n'a pas crié. Elle s'est laissé brûler et je crois qu'à la fin elle a eu un sourire en me regardant, avant d'ouvrir la bouche en grand pour laisser sortir une fumée gluante. Elle était consumée vive, de l'intérieur.

Le sari vert des salines n'était plus qu'une

mare ardente. Tout était parti : le vent, le sel, l'océan, la saveur d'une femme.

Je ne dois pas dormir. Ces visions sont des poisons. Elles se répandent dans mon corps, dans ma chair ou le peu qu'il en reste, elles brûlent mes vaisseaux, rongent mes organes. Je meurs de mes visions. Je meurs de mes secrets. Que resterait-il de ce vieux corps sec et décharné, si j'en étais débarrassé ?
Le silence.

Ce n'est pas le silence qu'il y a là-bas, de l'autre côté de la cloison. J'aimerais savoir ce qu'elles se disent. Comment parlent-elles ? Se parlent-elles encore ? De quoi parlent-elles, elles qui n'ont pas de vie ? De Marie-Rose ? Ah oui, j'aimerais bien voir ça, Malika parlant à sa mère de Marie-Rose !
Oui, tu vois, Maman, elle et moi, le matin, on aime bien se réveiller ensemble, collées par notre sueur, il fait si chaud à Case Noyale, tu vois, pas comme à Curepipe, froidure humide, moisissures glacées, non, là-bas c'est le chaud du vent et de la terre qui monte, seulement un peu déblayé par le vent marin, et alors le matin, même si nous dormons fenêtres ouvertes, nous sommes collées, littéralement, et il faut détacher notre peau l'une de l'autre, ça fait des bruits de succion qui nous font toujours rire, tu devrais voir Marie-Rose au matin, Maman, ses cheveux en halo autour de la tête, sa bouche gonflée de rêves, et quand j'em-

brasse ses doigts je sens mon odeur à moi, et sur moi il y a son odeur à elle, nuits Marie-Rose, mouchoirs en papier roulés en boule au bas du lit, lit creusé par nos poids conjugués, nous sommes des femmes-femmes, tu vois, pleines partout, parfois c'est elle qui prend l'initiative, parfois c'est moi, mais nous avons toujours envie, toujours, dès qu'on se regarde, c'est l'effet immédiat, pas comme un homme, tu vois, lui il devient dur, nous c'est le mouillé, ce sont les seins qui se tendent, c'est le grouillement dans le ventre et le souffle de la mer dans la tête, et sans attendre nous sommes dans les bras l'une de l'autre, gourmandes, je te dis pas, envie de dévorer l'autre tout entière, oh Marie-Rose, oh Malika, Ma, Ma, nos prénoms commencent par ce possessif et c'est tout ce qu'on a besoin d'en dire, des nuits Marie-Rose.

Mais on peut toujours en dire plus, des nuits Marie-Rose, parce que tu ne les connais pas, Maman, et tu ne la connais pas elle, alors comment pourrais-tu savoir ce que contiennent ces nuits, ces boîtes de torpeur et de désir qui nous enferment si étroitement, on dirait de petits cercueils d'amour, c'est ça, les nuits Marie-Rose, nous, presque mortes, enfouies dans nos grâces, murmurant des prières lèvres contre peau, lèvres contre lèvres, hosannas lancés ou chuchotés parce que nous nous sommes trouvées alors qu'il aurait été si facile de nous perdre, le noir de la houle toute proche se fracasse sur nos écueils, oh ce son de la mer proche, Maman, qui ondule les nuits

120

Marie-Rose, qui entre dans nos oreilles et nous mord de l'intérieur comme une bête avalée et doucement joueuse dans notre ventre, dans nos cuisses, ce son de la mer proche est le partenaire de nos jeux, nous ne serions sans doute pas aussi heureuses sans lui, notre enjôleur qui nous pousse toujours à aller plus loin, encore un peu, mes belles, la nuit n'est pas finie, il vous reste bien encore un peu d'envie, là, dans les recoins de vos squelettes sublimes, il vous reste bien encore un peu de jus, là, dans les réservoirs d'où proviennent vos liquides, ne vous arrêtez pas encore même si l'autre rend l'âme, même si elle supplie d'arrêter, continuez bien au-delà de vos sens parce que c'est ainsi que sont les nuits Marie-Rose, et c'est ainsi que je l'aime, Maman, pour nos nuits, pour nos vies chatoyées d'infini.

J'imagine Kitty pendant que Malika lui raconte tout ça, même si je sais que Malika ne lui dira jamais rien de tout cela parce qu'elle serait honteuse et furieuse, Kitty, elle rougirait et giflerait sa fille, si pudique ma Kitty, pour elle le corps ne devrait pas exister, c'est une chose dont elle se serait bien passée, être éthéré, esprit désincarné, Kitty est aveugle au désir. Non, Malika ne lui racontera pas ses nuits Marie-Rose, mais elle doit bien les deviner, tout de même, et peut-être sent-elle sur le corps de Malika les relents de Marie-Rose, peut-être les aisselles de Malika exsudent-elles l'huile aigre des nuits Marie-Rose, peut-être les cuisses de Malika tremblent-elles des caresses absentes de Marie-Rose et Kitty alors devine, ne peut s'empêcher de les imaginer, ne peut fermer les yeux ni l'esprit à l'humiliation de savoir sa fille ainsi donnée, ainsi prise, dans l'absolue dégradation de sa féminité !

Bon, j'aimerais bien qu'elle vienne me voir, Kitty, au lieu de me laisser macérer dans cette chambre, macérer comme un mauvais noir pensant à Marie-Rose, pas besoin de me tenir compagnie, pas besoin de venir voir si je veux quelque chose, si la morve me coule du nez, si j'ai envie d'uriner, c'est quoi comme fille, ça, c'est ainsi qu'on s'occupe d'un père mourant, mais c'est pareil que la mère, enfin, c'est tout à fait comme sa mère, même engeance, même absence, n'est-ce pas, quand vous les cherchez elles ne sont pas là, quand vous ne les avez pas sonnées, elles accourent avec leurs exigences, leurs poings fermés, leurs yeux blessés, leur sari vert couleur des salines odeur de sel, et vous restez là avec vos mains nues, vos mains de Dokter qui ont coupé et cousu et parfois guéri, parfois massacré, et vous pensez, je ne suis qu'un homme, mais qu'est-ce qu'elles veulent de plus ?

Cette nuit-là, quand le chauffeur de taxi nous a abandonnés en plein milieu de la campagne, dans l'air sucré des champs de canne, cette nuit-là, oui, j'ai massacré et j'ai tué sans le vouloir. Mais je n'avais pas le choix. Kitty tombait de fatigue. Le frère du patient s'est mis à injurier le chauffeur de taxi qui nous avait quittés, mais je voyais, à ses yeux qui glissaient vers moi, qu'il m'injuriait aussi intérieurement pour avoir réussi à me faire haïr si fort. Mais ensuite il s'est calmé et il m'a dit que nous n'étions pas loin, nous pouvions encore y arriver, marchons, Dokter, et nous avons marché en écoutant les craquettements des feuilles de cannes, cela a fini par ressembler à des caquètements de vieilles femmes, des ricanements de sorcières lunaires, elles riaient de me voir marcher, ma mallette à bout de bras, les champs cachaient l'injustice du monde, ils cachaient la boue et la machette, ils cachaient la sueur des laboureurs et les cris des labourées, musclaient les bras et terrorisaient les mains, coupaient, tailladaient, raccommodaient avec autant de finesse que le Dokter-Dieu, mains effilochées des laboureurs qui étaient mon sang, qui étaient mon passé, qui étaient mon père, les champs me disaient que j'avais trahi les miens, que j'aurais encore dû être là aujourd'hui à ramasser la paille, à porter les longs fagots de canne violette sur ma tête, à tituber sur mes jambes maigres jusqu'à la corbeille de fer, à manger mon riz et mon dhall à midi sous le soleil sans même remarquer que le riz était trop cuit ou le dhall trop clair, si faim que je lèche mes doigts, ma paume et mon poignet enrobés de liquide jaune, et après, de nouveau la machette, de nouveau l'amputation des corps violets, de nouveau la cassure du dos qui se baisse, qui se relève, qui se baisse, qui se relève.

À présent les cannes vieilles et décadentes me disent que si j'étais resté, elles se seraient données à moi comme jamais, *messan* Dokter, *messan* Dokter, pourquoi es-tu parti ?

J'ai sommeil, Papa, dit Kitty, butant sur les cailloux. Je passe ma mallette à l'homme et je porte Kitty, elle est lourde, je suis si fatigué, combien de temps encore jusqu'au village, comment s'appelle-t-il, ce village ? Kenya, dit-il. Kenya ? Oui, vous avez déjà été à Kenya ? Non, ni celui de Maurice, ni celui d'Afrique, dis-je, et il ne comprend pas. C'est à côté de Camp Carole, dit-il. Cela sonne comme Kankarol, c'est un drôle de nom, je souris mais il n'y a rien de drôle dans ces camps au milieu des champs où les gens se rongent jusqu'à l'os. Pourquoi Kenya ? Je n'en sais rien. Le bout du bout du monde, sans doute.

Quand arrive-t-on ? demande Kitty. Tais-toi ! dis-je de ma voix dangereuse, et elle flétrit sur mon épaule. On entend un meuglement sinistre, non loin. L'homme cherche des yeux, l'air inquiet, une vache blessée, dit-il, reconnaissant ce que dit la vache. Il se dirige vers le bruit. Je le suis, de peur qu'il ne me laisse en plan au milieu de la nuit et du vide. Nous empruntons un sentier qui mène droit dans le champ. Nos pas craquent. La lune nous longe. L'odeur de la bête est pesante, pressante. Elle masque le parfum de la paille de canne, le lourd remugle de la terre remuée et engraissée. Bientôt, elle est là. Elle est couchée sur le côté et continue de se plaindre. Sous la lune, nous voyons qu'elle a les quatre pattes cou-pées. Ses pattes ont été jetées non loin. Elle saigne, mais ne meurt pas encore. L'homme murmure une prière. *Bann sovaz*, dit-il avec rage, ce sont des sauvages, s'attaquer à une bête, comme ça, pour rien, et ne pas l'achever. Dokter, aidez-la à mourir, je vous en prie.

C'est si important, pour nous tous, une vache. Cela doit venir d'un atavisme résistant à tout, aux siècles et aux changements sociaux, issu de notre passé, de nos obsessions, de nos dieux. Et également de notre adoration de la déesse mère.

Je sais que je dois le faire. Mais je sais aussi que la dose de morphine dont j'aurais besoin pour l'achever est énorme. Je devrai utiliser tout ce que j'ai dans ma mallette et ce ne sera toujours pas assez pour la tuer, mais peut-être cela l'aidera-t-il à mourir sans trop souffrir tandis qu'elle se vide de son sang. J'espère que les autres analgésiques que j'ai seront suffisants pour le frère de l'homme.

Je vais lui faire une injection de morphine, dis-je à l'homme en prenant l'une de mes seringues. Oui, dit-il, soulagé.

J'ai posé Kitty à terre, et je vois qu'elle a les yeux fixés sur les pattes de l'animal. Elle tremble, je la sais fragile et nerveuse, je fais signe à l'homme de l'emmener un peu plus loin.

Je vais la guérir, Kitty, lui dis-je.

Elle secoue la tête.

Non, tu vas la mourir, dit-elle.

L'homme l'entraîne plus loin, et lui parle d'une voix chantante de l'oncle-lune et de la robe qu'il coud en ce moment pour Kitty, vous le voyez penché sur sa machine à coudre, Beti ? lui demande-t-il. Je suis étonné de sa douceur. Kitty a mis les deux doigts dans sa bouche, ce qu'elle n'a pas fait depuis longtemps. Je les regarde et je vois qu'elle glisse sa main dans la main de l'homme, qui continue de parler à voix basse. Il fredonne une chanson à propos de « chanda mama ».

Je prépare la seringue et m'approche de la bête. Je me souviens des vaches qui accouchent, je me souviens de leurs yeux remplis de rêves sombres, et celle-ci est pareille à elles, elle ne comprend pas la sauvagerie qui s'est déchaînée sur elle ; moi non plus d'ailleurs, pourquoi des hommes en lutte contre l'oppression éprouveraient-ils le besoin de faire souffrir une vache ? mais ce n'est pas une chose compréhensible, la sauvagerie des hommes, elle ne l'a jamais été, et je sais que, lorsque l'esprit de la horde est déclenché, les actes ne sont plus logiques ni rationnels, les hommes s'élancent comme des animaux affolés par l'odeur du sang, des meutes portées en avant par leur force inhumaine, et ils s'attaqueront à tout, y compris à cette douce bête gisante aux flancs rythmés et au sang de métal fondu sous la lune.

Je lui caresse le cou pour la rassurer, mais ce geste la fait sursauter et gémir. Elle ne peut pas pleurer, mais je suis empli d'une compassion triste et c'est moi qui me mets à pleurer parce qu'elle n'a rien fait à qui que ce soit, elle existe, elle nous nourrit, elle nous permet de vivre, elle passe sa vie à donner, ses énormes mamelles me disent qu'elle a récemment eu un petit, pauvre mère trop donnée, je ne sais quoi faire pour la rassurer, je me surprends à fredonner la même chanson que l'homme, là-bas, avec Kitty, une chanson à propos de l'oncle-lune, elle n'y comprend rien, mais peut-être cela la rassure-t-elle, car elle se calme et respire plus lentement.

Je vais te mourir, pauvre petite, lui dis-je, je vais te mourir mais c'est pour ton bien, tu n'auras plus jamais à donner ton lait aux hommes alors qu'il ne devrait appartenir qu'à tes enfants, tu n'auras plus jamais à sentir leurs mains calleuses sur tes mamelles, qui tirent si mal, qui te font mal, qui te désolent et te désertent pendant que ton enfant pleure, et puis maintenant, machettes levées, qui te sectionnent les jambes, pauvre douleur, je t'offre la mort et c'est par amour, pauvre amie.

Très rapidement, je lui ai enfoncé la seringue dans une veine, j'injecte la dose de morphine dans son sang espérant que cela lui permettra de mourir un peu plus vite et sans souffrir davantage. Je reste auprès d'elle jusqu'à ce que ses yeux brûlés de nuit se ferment.

Ensuite, nous marchons à travers les champs vers Camp Kenya, et nous voyons des champs brûlés, des corbeilles renversées, des charrettes cassées, une dévastation d'autant plus effrayante qu'elle est silencieuse, puisque nous ne voyons pas les hommes qui l'ont causée. Où sont-ils partis? J'ai peur de croiser la horde qui a massacré la vache au détour d'un champ. Que nous feront-ils ? Respecteront-ils le Dokter-Dieu, alors qu'ils sont tellement affamés de violence ?

On arrive, dit l'homme. Les cases sont complètement noires, personne n'a allumé ce soir. Ils ont trop peur des représailles. Se faire tout petits, comme ils l'ont toujours fait, et disparaître dans la passivité et la veulerie. Seule, la case de l'homme est éclairée par une lanterne, et quelques personnes sont attroupées autour. Lorsque nous arrivons, une femme se détache du groupe et se précipite. Enfin, vous voilà ! crie-t-elle avec une sorte de fureur. L'homme qui m'a accompagné lui explique pourquoi nous avons tant tardé. Il leur parle aussi de la vache, et tous secouent la tête, choqués.

La femme nous emmène dans une chambre presque noire. Les gémissements de l'homme blessé n'ont rien à voir avec l'incomparable dignité de l'animal. Lui aussi a été blessé à la jambe (une, pas quatre) : une balle lui a fait éclater le genou et une autre lui a traversé la cuisse. À la lumière de la lanterne, je vois que je ne pourrai faire grand-chose pour lui.

Il faut l'emmener à l'hôpital, dis-je.

L'homme qui m'a accompagné a un geste de colère. C'est pour ça que le taxi devait nous attendre ! dit-il. Il n'y a pas de voiture à Camp Kenya. Où voulez-vous que j'aille chercher une voiture à cette heure ? Demain je dois encore marcher jusqu'à Mahébourg pour trouver un autre taxi. Avec les barricades, je ne sais même pas si j'arriverai jusque-là.

Il s'effondre et se recroqueville sur lui-même, tourné vers le mur. Son frère et lui gémissent de concert et la femme, pour ne pas être de reste, commence aussi à pleurer en se cognant la tête de ses poings. La pièce tragique qui démarre ce soir n'est pas près de se terminer.

Bon, je vais le soigner ici même, dis-je, plus pour les rassurer que par conviction.

Je me penche sur le blessé, qui transpire de fièvre. L'os au-dessus du genou a été fracassé. Je sais que des fragments doivent être enfoncés dans la chair et qu'il faudra les enlever un à un. La jambe est trop endommagée. Si on l'emmenait à l'hôpital cette nuit même, ils pourraient peut-être enlever les fragments et essayer de réparer le genou, encore que je n'en sois pas certain. Je pense qu'ils décideront de lui amputer la jambe. Moi, je ne peux qu'essayer de nettoyer les plaies, enlever la balle restée dans sa cuisse et arrêter l'hémorragie. Je n'ai plus de morphine.

La nuit sera longue et sanglante.

Au matin, je suis sorti avec Kitty, et j'ai attendu dehors. Je ne savais pas ce que j'attendais. Le soleil s'est levé pour rien.

Kitty n'avait pas dormi. Plus aucune jeunesse, dans ce visage tout en angles.

Il va mourir, Papa? demande-t-elle.

Non, je l'ai sauvé, lui dis-je.

Tu l'as sauvé?

Oui.

Tu l'as guéri ?

Oui.

Ah bon.

À sa moue, je vois qu'elle ne me croit pas. Elle regarde le soleil qui monte au-dessus des cannes et je sais que, comme moi, elle entend encore ses hurlements tandis que j'extrayais la balle et les fragments d'os. Dans la case, à présent, il n'y a plus de bruit. Je leur ai expliqué que j'avais arrêté le saignement parce qu'il risquait de mourir de l'hémorragie, mais que je n'étais pas en mesure de sauver sa jambe. Je leur ai dit qu'à l'hôpital, ils la lui couperaient. Ils m'ont écouté en silence. Mais c'était le silence d'un deuil qui commençait déjà : deuil pour une jambe morte. Ces gens n'ont aucune gratitude. Ils ne m'ont même pas offert une tasse de thé. Quand j'ai fini, je leur ai dit, c'est bon, il vivra, je l'ai sauvé. Mais j'ai vu à leurs yeux qu'ils auraient voulu que je sauve sa jambe. Et j'ai vu que l'homme me reprochait de n'avoir pu l'emmener à l'hôpital. Il avait souhaité que le Dokter-Dieu s'occupe de son frère. Désormais, celui-ci vivrait avec des béquilles.

Pas ma faute. Je suis Dokter. Pas Dieu.

Pas ma faute, Kitty. Je n'ai pu lui donner de la morphine et l'endormir pour lui éviter les souffrances de cette nuit. Les circonstances m'en ont empêché. J'ai donné la morphine à un animal qui souffrait. Comprends-tu cela, Kitty ? Qui, de l'homme ou de l'animal, en avait le plus besoin ? L'homme à une jambe fracassée, l'animal aux quatre pattes coupées ? Je n'en sais rien, je ne sais plus, je suis trop fatigué, travail exténuant, travail de forçat, aucune gratitude, ces gens qui me regardent comme un criminel, pas une tasse de thé, pas même un verre d'eau, que veux-tu, ils sont ainsi, ils veulent tout, la vie sauvée de leur frère, de leur mari, ne leur est rien : je n'ai pas sauvé sa jambe.

L'homme sort de la case et me dit d'une voix sèche qu'il va à Mahébourg chercher un taxi. Un voisin l'y emmènera dans une charrette à bœufs. Kitty et moi, nous nous installons dans la charrette. Nous tournons le dos au soleil, à Camp Kenya. L'homme ne prononcera pas un mot pendant tout le trajet. Kitty est fatiguée, mais lorsque je tente de l'allonger sur moi pour dormir, elle résiste. Elle reste droite, le regard lointain. Au bout d'un moment, tombant de sommeil, elle pose la tête contre le bras de l'homme. Il l'entoure et la retient. Son regard au-dessus d'elle me toise. Je le déteste.

J'aurais pu leur avoir menti. Cela ne m'aurait rien coûté. J'aurais pu leur avoir dit que j'avais fait tout ce qu'il fallait et les laisser croire que c'étaient les médecins de l'hôpital qui avaient décidé de l'amputer. Mon honnêteté foncière m'avait obligé à leur dire la vérité : si nous avions pu aller à l'hôpital à temps, il n'aurait peut-être pas perdu sa jambe. Il aurait fallu une intervention immédiate. Je lui avais sauvé la vie, mais pas la jambe.

Qu'importe ce qu'ils pensent de moi ? Cela ne me préoccupe pas. Peu de temps après, l'homme est revenu me voir en me proposant de me payer pour mon « dérangement » de cette nuit-là. J'ai refusé, bien sûr. Cette démarche, c'était pour me rappeler pourquoi le chauffeur de taxi nous avait abandonnés en pleine campagne et les conséquences de cet incident. Il savait bien que je n'accepterais aucun paiement. Je voyais à travers sa ruse, mais j'étais las et je n'avais pas envie de me disputer avec lui. Je lui ai demandé comment allait son frère. Il a dit « mal ». Sa femme et ses enfants devaient travailler dans les champs. Les enfants avaient cessé d'aller à l'école. Sans jambe, leur père ne pouvait rien faire. (J'ai pensé aux mots *sob story*, histoire à faire pleurer, mais je n'ai rien dit.) L'homme a dit : il finira par se suicider. Il a essayé par deux fois déjà, mais nous l'avons sauvé. La troisième fois, il réussira.

Comment pouvez-vous en être sûr ? ai-je demandé.

Parce que nous ne ferons rien pour l'arrêter, Dokter.

Quand il est parti, j'ai vu que mes mains tremblaient. Je les ai regardées avec étonnement. Jamais cela ne m'était arrivé avant. Je ne comprenais pas. J'avais aidé à mourir. C'est tout ce qu'un Dokter-Dieu peut faire efficacement. Aider à mourir.

On ne guérit pas, je l'ai déjà dit. C'est un mensonge et il me faut l'accepter. Kitty l'a compris avant moi. Tu vas la mourir, m'a-t-elle dit à propos de la vache.

Et maintenant, je vais me mourir aussi et elle ne me pardonnera jamais d'avoir été l'ombre de mort surplombant tant de gens.

Telle une ombre de mort, elle entre dans ma chambre. Je commence à lui parler, à peine entrée.

Cette nuit-là, Kitty, cette nuit de la vache aux pattes coupées, tu t'en souviens ?

Bien sûr. Tu crois qu'on peut oublier cela ? Surtout le mensonge du matin.

Quel mensonge ?

Tu m'as dit que tu avais guéri cet homme.

Tu ne sais pas dans quelles conditions j'exerçais mon métier à l'époque. C'était toujours quitte ou double, sauf pour les cas bénins. On n'avait pas les moyens d'en faire plus.

Je le sais. Mais je me souviens de ton visage quand tu regardais le frère. Tu ne ressentais pas du regret mais de la rancune. Tu avais massacré la jambe de cet homme et tu voulais des remerciements.

Je n'ai pas massacré sa jambe ! Il avait reçu deux balles !

J'ai vu sa jambe quand tu as fini de le « soigner ». C'était une bouillie de chairs vives. Il était à l'agonie. Tu aurais mieux fait de ne pas le toucher.

Je détourne la tête. Ainsi, elle a vu et compris cela. La famille aussi a dû le comprendre. C'était une piètre performance. Je n'aurais pas dû intervenir, sauf pour arrêter le saignement. C'est à cause de cela que mes mains ont tremblé pour la première fois après. Elles se sont souvenues de l'inutile massacre.

Kitty, on fait tous des erreurs. Certaines nous poursuivent toute notre vie.

Je l'espère bien, répond-elle froidement.

Je ne sais pas si on parle de la même chose.

On ne parle jamais de la même chose, Papa.

Pourquoi restes-tu dans l'ombre ?

Parce que c'est ce que j'ai toujours été.

Une ombre ?

J'aimerais que tu me parles de ma mère.

Non. Ça, jamais !

J'ai crié ces mots. Je ne sais même pas pourquoi je suis rempli d'une rage si riche et boursouflée. Je redeviens l'homme que j'étais, prompt à s'immerger dans sa fureur et à la laisser fleurir de ses mains. Si elle avait été plus près de moi, j'aurais trouvé la force de la gifler. D'ailleurs, elle a reculé, même si elle était déjà hors de ma portée. J'ai l'impression qu'elle va fuir.

Kitty, excuse-moi. C'est trop douloureux, tu comprends. Ces souvenirs... C'est trop dur à porter. Pourrais-tu me passer le bassin ?

Elle obéit. Elle sort le bassin et le place sous moi. Un malheureux filet s'écoule avec un bruit de pluie dans la gouttière. Cela dure longtemps. C'est l'un des symptômes de la maladie. On a toujours envie d'uriner, cela s'échappe par gouttelettes, on ne peut ni arrêter le flux ni le contrôler ni le laisser couler librement. Elle attend, patiente. Quand j'ai fini, je lui fais un signe et elle enlève le bassin. Elle sort pour le vider et le laver. Je regarde ses épaules voûtées et je la trouve pitoyable.

Quand elle revient, je ne peux m'empêcher de lui dire aigrement :

Tu n'as pas besoin de prendre cette attitude de servante !

La colère lui redresse les épaules, c'est déjà ça. Tout plutôt que cette soumission abjecte qui me met hors de moi. Elle s'approche. Elle porte une vieille robe de chambre à fleurs aux couleurs délavées. Le fond a dû être blanc, jadis, et les fleurs rouges et jaunes, mais à présent ce sont différentes tonalités de gris, gris comme ses cheveux mal coiffés, gris comme son visage marqué par le ressentiment et l'amertume, gris comme ses yeux qui auparavant étaient dorés et qui ne sont plus qu'une pâle réverbération.

Qu'est-ce qu'elle croit? Qu'ainsi elle est « bonne »? Qu'ainsi elle est « gentille »?

Gentil. Voilà bien un mot que j'exècre. C'est quoi, être gentil? Qu'est-ce qu'on gagne à être gentil dans la vie? Ça sert à quoi d'être gentil? On vous fera l'aumône d'un sourire mais, comme dans toute aumône, il y a du mépris juste sous la surface, dès qu'on gratte un peu de l'ongle l'onctuosité de la bouche. Un homme gentil, c'est un homme à peine homme, un simulacre d'homme et moins que ça encore, car une femme, ça n'a pas besoin d'un homme gentil, ça a besoin d'un homme-coffre, d'un homme-carrure, même s'il lui masque le monde. Elle préfère cela à la transparence. Car c'est ça, un homme gentil : une transparence, une inexistence, qui glisse comme une couleuvre entre deux eaux sans y créer de remous et qui disparaît de même, sans turbulence. Alors c'est ça qu'elle veut que je sois? Elle attendra longtemps! Je ne partirai pas sans me battre même si ce n'est qu'avec mes mots, qu'elle comprenne bien cela!

Parce que, voyez-vous, la mort, ça n'a rien de gentil. Être gentil dans la vie, ça ne vous prépare pas à la mort. Vous croyez qu'elle vient sans faire de bruit, elle? Qu'elle s'amorce à pas de velours, qu'elle vous envahit d'une douce fraîcheur puis d'un froid qui vous engourdit et vous prépare à l'aller? Perdu! Elle s'annonce avec le relâchement douloureux de vos vertèbres et la tension de vos muscles et la sensibilité de vos nerfs et la liquéfaction de vos organes. Elle dévore votre pensée jusqu'à ce que vous ne vous souveniez plus du mot qui venait juste de s'y former. Elle vous montre dans son miroir impitoyable le visage que vous aurez une fois son œuvre achevée, et vous ne pourrez détourner les yeux, vous regarderez, fasciné, votre déchéance, et des larmes sales vous glisseront sur les joues. Trop clairement, vous comprendrez l'après.

L'après, ce sera soit les vers, les larves, les insectes qui se gaveront de vous par minuscules bouchées pendant de longs mois et de longues années, soit le feu qui vous dévorera en l'espace d'une nuit, soit les vautours qui tout en haut des hautes tours vous arracheront le foie et tout le reste. (J'ai longtemps pensé que les funérailles des zoroastriens était belles : ils exposent les corps très haut dans le ciel pour les offrir aux rapaces qui en nettoient la chair et au soleil qui en blanchit les os. Mais je suis revenu de cette fascination. J'imagine les charognards arrachant des morceaux de votre chair, becquetant vos yeux, tranchant net votre langue, exposant et arrachant vos entrailles et les entraînant, longs rubans malodorants et rosâtres, au-dessus du sol, les laissant parfois tomber là où marchent les vivants, et puis les rats plus bas qui attendent les restes, les morceaux choisis échappés par mégarde aux vautours, les morceaux de corps éparpillés, non, ce n'est pas une mort aussi propre que je l'imaginais, c'est une mort sale, affreuse, et je n'en ai pas envie. Je préfère le feu.)

Mais aucune de ces morts n'est « gentille »; alors moi aussi j'abolis ce mot de mon vocabulaire, ou je l'emploie comme une insulte. Je suis heureux, heureux, de savoir que personne ne dira jamais de moi que j'ai été un homme gentil, car je n'en ai que faire de la gentillesse, je veux avoir été vivant, c'est tout, un homme vivant, pas gentil, tout sauf gentil !

D'ailleurs, je pisse sur les gentils, je chie sur les gentils, je vomis sur les gentils, je les envoie balader dans la fosse septique de leurs sourires, ces sourires extrudés comme de la chair à saucisse rose dont on remplit les tubes transparents des intestins, oui, je ne pense plus qu'à ça, aux fonctions les plus basses du corps, mais les sourires éthérés et paradisiaques des anges et des dieux et des saints, ce n'est pas mieux, ça ne guérit pas le monde, ça ne recoud pas les blessures, ça ne malaxe pas le pus et la pourriture, les gentils marchent les yeux fermés parce qu'ils ne croient pas à la bassesse du monde jusqu'à ce que quelqu'un leur fasse un croche-patte et les envoie valser dans la boue, les gentils ont le chant fredonné au bord des lèvres parce qu'ils pensent que cela va leur donner le goût du bonheur jusqu'à ce qu'ils arrivent au bout de la chanson et au bout de la vie et qu'ils comprennent que ce bonheur, ils ne l'ont jamais seulement effleuré, ils ont patiné dessus sans comprendre qu'il faut avoir souffert et crié et juré et insulté pour savoir enfin ce qu'est la paix, les gentils ne croient pas à la guerre, des pacifistes purs au cœur d'argent, mais quand les armes sont pointées sur leurs gueules, ils ne savent plus quoi faire, ils font sur eux et ils se décrivent alors par d'autres mots moins doux, lâches, capons, trouillards, poltrons, lavettes, tapettes, il n'en manque pas, de mots pour les décrire alors, les gentils sont des accoucheurs de larves, des invertébrés en puissance, si c'est ça qu'ils ont comme ambition, si c'est à ça qu'ils aspirent, je suis prêt à leur en donner les moyens, je n'ai qu'à élever un peu la voix pour qu'ils fondent et se désintègrent, aucune difficulté à cela, ils n'ont qu'à se mettre en rang devant moi, les gentils, et en trois mots je les aurai réduits à l'essence d'eux-mêmes et ce qui se glissera hors de mon champ de vision sera une flaque de quelque chose d'innommable cherchant un interstice où se faufiler et se lover et se dissimuler au regard des autres, une flaque que le vent et l'air et le temps se chargeront de sécher et ce sera comme s'ils n'avaient jamais existé, c'est ça que vous voulez, les gentils, cesser d'exister, c'est facile, on n'a qu'à vous ignorer et ce sera fait, c'est tellement facile de vous ignorer parce que vous ne comptez pas, vous voyez, votre compré-hension et votre compassion et votre commi-sération prêtes à jaillir de vous comme du lait maternel frelaté de vos seins desséchés sont parfaitement inutiles, elles ne servent strictement à rien puisqu'elles n'ont jamais changé le monde, ceux qui ont changé le monde l'ont fait par d'autres moyens, ils se sont battus, voyez-vous, ils ont lutté du corps et des mots et de l'esprit, ils n'ont pas vécu dans une cage de verre d'où ils pouvaient envoyer des bisous au monde, ils n'ont pas gaspillé leur temps à verser des larmes qui leur donnaient bonne conscience et ne donnaient rien aux autres, c'est ça l'essence des gentils, c'est de se donner bonne conscience et hauteur et l'illusion de la vertu, tout ça avec la facilité d'un sourire ou d'une larme, ce n'est pas rusé, ça, ce n'est pas de l'habileté et de la manipulation pures et simples, et ceux qui se laissent prendre à ce jeu encenseront la gentillesse qui n'aura jamais fait de mal à personne, oui, cela semble bien, comme épitaphe d'une vie, mais le pendant, c'est qu'elle n'aura jamais fait de bien à personne non plus, pas de manière durable en tout cas, et cela, personne ne le dit, eh bien moi je le dis, la gentillesse n'accomplit rien, c'est un prétexte pour ne pas s'engager et ne pas trop se fatiguer, pour vivre en mollesse dans la plus confortable des prisons, celle de la bonté, la gentillesse n'apporte rien au monde, la gentillesse ne nourrit pas celui qui meurt de faim, pour une fois il faut bien que quelqu'un ait le courage de le dire, j'emmerde les gentils

 j'emmerde les gentils

 J'EMMERDE LES GENTILS !

J'ai cru avoir hurlé ces mots, mais ce n'est que dans ma tête qu'ils ont explosé. Ma bouche n'a émis qu'un borborygme incompréhensible.

Elle est toujours là, debout, à attendre. Elle se penche vers moi.

Que dis-tu ? demande-t-elle.

Je dis que j'emmerde les gentils.

Ça ne m'étonne pas.

Qu'est-ce que tu attends encore ? dis-je. Tu n'as rien d'autre à faire de ta carcasse ?

Je veux que tu me dises comment elle est morte.

Tu sais bien qu'elle est morte en couches. Dans quelle langue il faut te le dire ?

Ce n'est pas ce que sa sœur m'a dit.

Voilà encore autre chose ! Elle a parlé à l'autre folle, la seule sœur survivante, celle qui ne peut même pas aligner trois mots cohérents !

Elle n'en sait rien, elle n'était pas là, dis-je.

Elle m'a parlé de brûlures.

Je lui tourne le dos. Je suis dans une impasse. Je ne dois rien dire, je m'en suis fait le serment devant le corps de la morte. Est-ce qu'une promesse aussi ancienne tient encore ? Je n'en sais rien. Mais comme j'approche de l'heure fatidique, je ne peux me permettre de prendre des risques.

Je suis fatigué, je dois dormir, dis-je. Va-t'en, laisse-moi me reposer.

Elle ne bouge pas.

J'ai dit va-t'en !

Papa, j'en ai discuté avec Malika. Nous devons savoir la vérité et il n'y a que toi qui la connais. Nous trouverons le moyen de l'obtenir.

Quoi, vous allez me torturer, c'est ça ? J'aimerais bien voir ça, ma pauvre fille !

S'il le faut, dit-elle avec une froideur qui me pétrifie.

Je me retourne pour la regarder. Son visage est lavé d'une misère glacée. Elle souffre de me dire ça, mais elle a pesé chaque mot. « S'il le faut. » Qu'est-ce que ça veut dire ? Que feront-elles ? Je commence à m'inquiéter. Il est temps de reprendre les choses en main.

Kitty, ma chérie, tu me fais peur quand tu parles ainsi. N'écoute pas Malika, elle ne peut pas comprendre ce qu'il y a entre toi et moi. Viens ici, Kitty, donne-moi ta main.

Elle s'approche comme un automate et me tend la main. Je la prends. Mais au lieu de la laisser comme une limace dans ma paume, elle serre la mienne, et serre encore. Elle me fait mal. Elle continue de serrer, étrange force que cette main de Kitty, je ne m'y attendais pas.

Tu ne peux plus me rouler, dit-elle.

Avec un effort de volonté, je réussis à sourire au lieu de hurler de rage. Je lève sa main jusqu'à ma bouche et je l'embrasse longuement.

Elle frissonne à ce contact de mes lèvres sur sa peau sèche.

Ma chérie, dis-je, ta peau est toujours aussi douce.

Elle enlève sa main. Le haut de ses pommettes est violacé.

Oh Kitty, tu n'es pas de force. Oh Kitty, tu ne sais rien de mes ressources. Je l'aime, cette fille. Je l'aime parce que je peux en faire ce que je veux, avec tant de facilité que c'en est étourdissant. Ma main me fait mal. Mais, même si elle l'avait cassée, cela en aurait valu la peine.

D'ailleurs, je sais désormais comment contourner ma promesse.

Kitty, dis-je, à propos de ta mère, si je ne peux rien te dire, c'est pour une raison simple : je le lui ai promis sur son lit de mort.

Sur son lit de mort ?

Oui. Elle m'a fait jurer sur ta propre tête de ne rien te dire.

Elle t'a dit de ne rien me dire à moi ?

C'est ça, ma pauvre fille.

Mais pourquoi ?

Je ne réponds pas. C'est le moment de garder un silence mystérieux, lourd de sens. Je vois que les rouages de son esprit se mettent en branle. Tout compte fait, j'ai trouvé le moyen de la laisser soupçonner la vérité sans rompre ma promesse.

Elle pensait que la vérité me ferait trop mal, réfléchit-elle à haute voix. C'est donc que tu es bien responsable de sa mort, comme je le pensais !

Non, non, Kitty, je te le jure, ce n'est pas moi qui l'ai tuée. Je t'en prie, cesse de penser à cela. Ça ne peut que nous faire du mal à tous les deux. S'il te plaît, Kitty, pardonne-moi mes erreurs passées, mais ne me demande pas de briser mon serment à ta mère.

De mon discours, elle n'a retenu, comme je l'escomptais, que sept petits mots : « ce n'est pas moi qui l'ai tuée ». Qu'elle me croie ou non, le doute est semé : elle est si pâle qu'elle en est presque phosphorescente.

Je dois savoir, dit-elle comme pour elle-même. Je dois savoir, peu importe ce que cela me coûte. C'est une torture que de douter tout le temps.

C'est parfois une torture que de savoir, dis-je.

J'aurais dû tenir ma langue. Elle se souvient de moi. Elle se décharge sur moi.

Toi, ferme-la ! Tu es responsable de tout ! Tu n'as jamais été innocent et tu ne le seras jamais ! Tu cracheras la vérité avant de finir, et pas seulement ta version de la vérité, tu entends ?

Jawohl, mein Herr ! dis-je en silence, m'efforçant de ne pas rire de sa mine féroce.

Je n'ai aucune inquiétude : ma Kitty ne me fera jamais de mal.

Elle est partie. Elle ne me fera jamais de mal. Mais ma main est endolorie. Ça, c'est nouveau. Ça, c'est troublant. Si elle a franchi ce premier pas, ne pourrait-elle en franchir d'autres ?

Il n'est pourtant pas aisé, ce premier pas. Mais lorsqu'il est accompli, cela va presque de soi. Quand j'ai tiré sur la natte épaisse de sa mère la première fois, quand je lui ai cogné le visage contre la table (bruit étrange, presque obscène, de la chair et de l'os contre le bois), j'ai été le premier surpris. C'était la première fois que j'usais de violence contre quelqu'un. À plus forte raison contre quelqu'un qui ressemblait à une petite fille déguisée en femme, une petite fille joueuse et câline que j'aimais. Cette colère et cette violence m'étaient totalement inattendues. Je l'ai aussitôt regretté et je l'ai consolée en la prenant sur mes genoux, comme une petite fille.

Le regret est sincère, oh ! oui. Mais après, rien ne change : les erreurs se reproduisent, se répètent et finissent par éroder toute tentation de modération. Cet acte de violence si difficile (autant pour celui qui le commet que pour celui qui le reçoit) n'aboutit à rien. Le remords exprimé en dilue la signification, l'annule et le contredit.

Bien sûr, après avoir frappé quelqu'un qu'on aime, il est normal d'avoir envie de se faire pardonner. Normal d'apaiser la peau rougie et enflammée par une caresse, par un baiser. Mais l'autre alors se sent plus fort et pense que ces excuses sont une reconnaissance de dette. Mes regrets ne signifiaient pas que je jugeais la violence excessive. Ils n'étaient qu'une manière de lui dire que, malgré la colère qu'elle avait provoquée, je l'aimais quand même. Je voulais ainsi lui dire : « je te pardonne tes bêtises ». Elle comprenait : « je n'aurais pas dû te frapper pour si peu de chose ». Nous étions à des pôles l'un de l'autre. Elle s'est obstinée à ne pas comprendre.

Cette femme, mon épouse, dont l'aspect de petite fille se creusait avec le temps, devenait une surface vitreuse, un masque transparent sur un regard ancien et cafardeux, portait en elle une contradiction tellement flagrante qu'elle lui ôtait toute beauté. Sa petite taille, ses petites mains, ses petits poignets, ses petits pieds et les autres choses qu'elle avait petites ne changeaient pas, mais le visage, lui, après cette première fois avec la natte, s'est resserré sur lui-même en une momification précoce : son teint a jauni, les cernes sous ses yeux sont devenus violets, la bouche a pris une courbe descendante qui ne s'arrêtait plus de descendre, et les yeux... Bon, les yeux, c'est toujours ce qu'il y a de plus difficile, certains yeux sont borgnes, on n'y voit rien, ils ne disent rien, mais d'autres, ah, Kitty et sa mère, elles n'avaient pas leur pareil pour tout dire dans un regard, pour accumuler les reproches, pour vous réduire à quelque chose de poussiéreux et de répugnant, oui, vers la fin c'était ça que je voyais dans ses yeux : le dégoût absolu.

Et pourquoi ? Parce que les gifles partaient trop vite ? Elles étaient rapides mais non vicieuses. Il m'est arrivé de la faire tomber, mais c'était parce qu'elle était trop faible pour avoir un centre de gravité. De plus, une fois à terre, elle refusait de se relever tout de suite et cela ne faisait qu'augmenter ma fureur. Je lui donnais alors quelques coups de pied, pour la forme. C'était terrible pour moi que de donner des coups dans ce corps inerte, cette poupée de chiffon enveloppée de son sari incolore, longue natte défaite étalée à terre. Elle faisait semblant d'être totalement anéantie par mes coups mais je savais qu'au fond elle aurait pu résister : elle aurait pu le prendre autrement, elle aurait pu faire quelque chose pour arrêter ma main, pour arrêter mon pied, mais non, c'était là sa victoire à elle et c'était la faiblesse qu'elle révélait en moi. Elle restait immobile, avec ce regard de verre poli. Quand je lui ordonnais de se relever, elle se mettait d'abord à quatre pattes puis se levait gauchement, comme un animal qui n'a pas tout à fait appris à se tenir sur deux pattes. Le mépris que je ressentais envers elle était tel que, quand je fermais les yeux, il naissait des poignards à l'intérieur de mes paupières. Je ne savais pas pourquoi je ressentais ces choses-là. J'ai fini par comprendre qu'elle faisait en sorte de m'avilir. Je ne cessais de mesurer l'étendue de sa duplicité.

Une fois, poursuivant cette mascarade éhontée, elle a fait semblant de s'évanouir. Je l'ai laissée faire pour voir jusqu'où irait la comédie. Elle n'a pas bougé pendant trois heures. Je me suis assis dans un fauteuil et je l'ai regardée, volontairement écrasée sur le sol, corps anéanti, je marmonnais des injures à son égard, parfois je me levais à grand bruit pour voir si elle se trahirait par un mouvement de peur, mais elle était parfaite dans son martyre. Pas un cil ne bougeait. Au bout de trois heures, je me suis dit qu'elle avait peut-être vraiment perdu connaissance. Je suis allé vers elle, je l'ai soulevée, je l'ai portée jusqu'à notre chambre, je l'ai déposée dans le lit. Un instant, j'ai eu peur qu'elle ne soit morte. J'ai écouté sa respiration, l'oreille posée sur sa poitrine. J'ai vu qu'elle n'était qu'une petite bête fragile. Ce n'étaient pas les coups qui l'avaient terrassée mais la peur, et peut-être aussi la conscience de ses défauts, peut-être aussi la culpabilité. Je lui ai tout pardonné à cet instant. J'ai souri de tant de fragilité, ma pauvre petite sotte si craintive, je lui ai caressé le front et je lui ai dit des mots doux, je lui ai fait boire quelques gouttes de whisky juste pour voir ses lèvres rougir et l'entendre tousser. Elle a ouvert les yeux et m'a regardé et il y avait une si grande fatigue en elle que, quand je l'ai embrassée sur la bouche, c'était comme si j'embrassais un corps de paille.

À la très grande tendresse qui m'a envahi, j'ai compris que je l'aimais encore. Cela m'a semblé miraculeux. Plus encore qu'un amour simple et sans écueils, ce sentiment-ci était précieux parce qu'il avait survécu à la répugnance.

Violence? Peut-être était-ce elle qui l'exigeait. Pourquoi n'aurait-elle pas changé, puisque cela lui aurait permis d'éviter les coups? Le temps de perfection juste après l'incident avec la vieille avait été de courte durée : elle avait recommencé à brûler le repas, mettait du sel à la place du sucre, repassait mes chemises en laissant des plis partout (si bien que je n'osais plus enlever ma veste malgré le soleil de Port Louis), ne reprisait jamais mes tricots de corps, ne recousait pas les boutons convenablement, laissait des trous dans mes chaussettes, égarait mes livres en les rangeant, m'apportait de l'eau brûlante pour le bain quand il y avait des coupures d'eau — c'était comme un mauvais génie dans la maison, plus le temps passait et plus elle faisait les choses de travers et je n'en pouvais plus de crier et de frapper. Elle me mettait au défi, j'en suis convaincu. Elle voulait voir jusqu'où elle pouvait aller.

Violence? Ma patience avait des limites. Son attitude aussi était une violence. Hors de la maison, j'étais le Dokter-Dieu. À l'intérieur, j'étais un homme piégé. Ce lieu était ma défaite et ma désolation. Mes poings se refermaient tout seuls dès que je franchissais la porte d'entrée.

Mon cœur s'accélérait, mon corps en sueur se liquéfiait. Le sang affluait à ma tête, dans mes yeux. J'étais impuissant contre elle.

Violence ? Le repos ne m'était pas permis. La maison était un enfer. Je levais les yeux et je voyais des toiles d'araignée se balançant au plafond. Je croyais m'évanouir de rage. Et elle m'accueillait de cet air indifférent et glacial, de cet air de fausse innocence, alors qu'elle guettait ma réaction. Elle était un trou ouvert à mes pieds attendant que je m'y effondre. Mais j'avais juré que j'en viendrais à bout.

Violence ? Regardez autour de vous et revenez me parler de violence. Un monde qui se désagrège, des atrocités dont on nous parle chaque jour sans que jamais elles nous disent vraiment ce qu'elles sont, des tortures, des bombes, des cruautés inimaginables perpétrées entre homme et homme, oui, c'est un monde violent, ça c'est le sens véritable du mot. Ne me dites pas que c'est la même chose. Ne me dites pas qu'il n'y a qu'une différence de degré. Il faut dire les choses comme elles sont.

Violence ? C'était finalement de l'amour.

Qui pourra jamais comprendre cela ? Je ne le comprends pas moi-même. Il y a beaucoup de noms pour ce qu'on appelle avec tant de facilité la violence. Ils ne sont pas tous justes.

La véritable ironie, c'est que ses failles m'ont transformé, par pur hasard, en héros. Cela, elle ne pouvait le prévoir. Cette pirouette du destin était bien au-delà de son entendement. Elle pensait m'humilier en faisant des trous dans mes caleçons. Elle a failli réussir. Je savais bien que c'était elle qui les avait faits, exprès, puisqu'ils n'étaient ni vieux ni usés et que s'il y avait une chose que je connaissais par cœur, c'était bien ces vêtements qui ne devaient ni être râpeux après une longue journée et une plus longue nuit debout, ni s'imprégner de sueur et risquer d'empester. Quand j'en sortais un de l'armoire le matin et que je l'enfilais, les trous que j'y découvrais comme une guipure de haine me rappelaient qu'elle attendait sa dose de massacre le soir (c'est pour cela que je dis qu'elle aimait bien ça). Le matin, je n'avais ni le temps de chercher des vêtements intacts, ni celui de lui faire goûter à la punition. Je devais emmagasiner ma rage, la fourrer tout au fond de moi dans un coin d'où elle ne sortirait que le soir, enrichie par une journée de fatigue. J'enfilais mon pantalon sur le caleçon troué, prenais ma panoplie de Dokter-Dieu et sortais sans un regard pour elle. Elle devait bien rigoler en pensant à moi marchant dans mes sous-vêtements de pauvre, sachant que le respect des autres se trouerait de même s'ils les voyaient. J'usais l'émail de mes dents à force de les serrer et de la déchiqueter en pensée.

Une nuit, je rentrais chez moi, épuisé et inquiet à cause des désordres et des émeutes qui avaient éclaté dans l'île. Je n'avais pas voulu m'attarder à l'hôpital, je pensais qu'il valait mieux se barricader chez soi en ces temps meurtriers où il suffisait d'un regard pour que les nerfs exaspérés flanchent et qu'une lame plonge dans votre abdomen avec un glissement d'huile, mais l'hôpital ne désemplissait pas et il arrivait sans cesse de nouveaux blessés qu'il fallait recoller d'urgence. Des gens à la tête fracassée, aux bras cassés, au nez éclaté, nous étions tous débordés et effrayés par ce qui se passait dans le pays. J'avais dû recoudre à vif le crâne fendu d'un homme pendant que les nurses le tenaient par les bras et les jambes de leurs mains maigres et fortes. Les premiers morts étaient arrivés à la morgue, étonnamment paisibles dans leurs vêtements baignés de sang. Nous nous demandions pourquoi le chemin vers la liberté ne pouvait être conquis qu'au prix de tant de vies. Ce petit pays n'avait même pas commencé à exister que, déjà, il se désintégrait. Bagarres raciales, disait la radio. Les slogans haineux retentissaient et les mots se chargeaient de plus en plus d'un goût acide. La guerre civile semblait imminente. Les forces de l'ordre anglaises et mauriciennes sillonnaient le pays sans parvenir à masquer leur impuissance.

L'hôpital civil n'était pas loin de chez moi. Quand j'ai enfin réussi à fuir l'interminable cohorte de gémissements, je me suis précipité par les rues les moins fréquentées, celles où il y avait le moins de risques d'être vu. J'étais presque arrivé et je pensais avec soulagement que je rentrerais sans encombre quand j'ai vu la barricade et les grands gaillards armés qui m'attendaient.

J'ai regardé en arrière, pensant que je pourrais courir, mais ils étaient prêts. Tout leur corps s'est raidi et s'est tendu, leurs jambes épaisses prêtes à les lancer vers moi avant même que j'aie le temps de leur tourner le dos. Je n'arriverais pas à m'échapper. Alors, j'ai marché vers eux. Ils m'ont dit de m'arrêter. Ils ont demandé de quelle religion j'étais.

Je suis hindou, leur ai-je dit.

Prouve-le, ont-ils répondu.

À ma mine consternée, ils ont commencé à rigoler.

Prouve-le, ont-ils répété.

Comment?

Eta kuyon, to pa kone?

Bien sûr que je savais comment le prouver. Bien sûr. Rien de plus simple. J'ai eu la nausée à cette pensée. Je me suis vu, baissant mon pantalon devant ces hommes avinés et échauffés par le climat de violence, et exposant à leur regard, non mon pénis, mais mon caleçon troué aux mauvais endroits. J'ai imaginé leur surprise initiale, puis leur moquerie et leur méprisante hilarité. Oui, je prouverais que je n'étais pas un musulman. Mais je me livrerais à un autre type de mortification. Je savais les mots qu'ils prononceraient à propos du dokter *malbar* même pas assez fier pour porter des caleçons corrects. Ils ne me tueraient peut-être pas, mais ils me tabasseraient par jeu et me laisseraient au milieu de la rue, avec pour unique vêtement ce témoignage de ma petitesse et de la médiocrité de ma race. Je sortirais de mon évanouissement, devenu la risée de cette ville impitoyable. J'étais le Dokter-Dieu. Une telle humiliation m'était insupportable. La colère m'a envahi.

Je suis médecin, ai-je déclaré avec hauteur. Et je suis un homme par-dessus tout.

Ils ont éclaté de rire.

Tu refuses de baisser ton pantalon?

Oui, je refuse! ai-je crié. Tous les hommes sont égaux et ont droit au respect!

Je ne sais pas à quoi je m'attendais, après une telle fanfaronnerie. Je ne réfléchissais plus. Je pissais de peur mais je pensais donner le change, les faire taire par ma fierté et mon courage.

Ils se sont approchés de moi avec des airs goguenards. Leurs yeux étaient drogués, leur rire ferreux, leur sueur épaisse comme du sang, ils jouaient déjà avec leurs couteaux, ils n'attendaient qu'un défi comme celui-là, ils n'attendaient que ça pour laisser déferler la violence.

Ils m'ont attrapé par les deux bras et ont commencé à me traîner vers les barricades. Au même moment, un autre groupe d'hommes a jailli des ruelles voisines et s'est jeté sur eux. Ils m'ont lâché, pris de court par l'attaque surprise. Je me suis réfugié dans un coin pour essayer de me protéger, dévasté par la hargne déferlée des deux côtés. J'étais encerclé par une violence qui ne ressemblait en rien à celle à laquelle j'étais chaque jour confronté à l'hôpital, qui elle-même ne ressemblait en rien à mes petites colères quotidiennes, somme toute bien banales et anodines.

La brûlure du fanatisme était sur tous ces visages déformés.

La chance m'a protégé, ce soir-là. La Special Mobile Force est arrivée avant qu'ils réussissent à s'entre-tuer. Les militaires les ont arrêtés. J'ai aussi été embarqué avec le groupe et on nous a emmenés aux casernes. Le contrecoup du choc m'empêchait de parler à la police, je tremblais, je claquais des dents, je ne pouvais rien dire. On nous a jetés en prison, les musulmans d'un côté, les créoles de l'autre. J'étais avec le groupe des musulmans. Je m'efforçais de ne pas pleurer. C'est alors que l'un d'eux m'a reconnu.

Dokter! Qu'est-ce que vous faites ici?

Tu n'as pas vu? a dit un autre. Il a refusé de baisser son pantalon. Il a refusé de se sauver en prouvant qu'il n'était pas musulman. Il a dit qu'il était un homme avant tout et il a accepté d'être mis en prison avec nous — ce que beaucoup de nos vrais frères ne feraient pas.

Ces hommes encore enveloppés d'une odeur guerrière m'ont embrassé, les uns après les autres, comme un frère. Ils m'ont juré qu'ils me protégeraient pour le reste de ma vie. Ils m'ont dit qu'ils n'oublieraient jamais ce que j'avais fait. Vous êtes un grand homme, ne cessaient-ils de répéter, c'est de vous que le pays a besoin. Ces mots résonnaient mal avec leur regard fou, mais ils étaient sincères. Ils pouvaient passer de la haine à une loyauté féroce, cela ne leur semblait pas contradictoire.

Ce sont eux qui ont appelé les agents de police

et leur ont expliqué que j'étais une victime et non un émeutier. C'est notre Dokter, ont-ils dit avec fierté. Il a refusé de baisser son pantalon. Il est resté un homme jusqu'au bout.

L'histoire s'est répandue parmi les agents, qui sont venus me voir et écouter le récit des musulmans. Cela les a consolés de leur terreur. Ils savaient que ces hommes ne pouvaient mentir : ils étaient orgueilleux et sans pitié. Certains des agents me connaissaient bien mais ne m'avaient pas reconnu dans le lot. Ils m'ont libéré, m'ont serré la main, m'ont servi du rhum. Fou de soulagement, j'ai bu avec eux jusqu'à l'aube, oubliant l'éclat des armes blanches partout dans l'île. Après, ils m'ont ramené à la maison, chantant les louanges du héros.

Le lendemain, des journalistes sont venus m'interviewer. Ils connaissaient déjà l'histoire, telle que racontée par les agents et les prisonniers. Même les prisonniers créoles avaient manifesté du respect envers moi et ne cessaient de répéter, étonnés, que j'étais le seul à n'avoir pas voulu sauver sa peau par un geste de lâcheté simple.

Des années plus tard, on s'est souvenu de cet incident et je suis devenu l'exemple du vrai Mauricien au moment où l'on en avait le plus besoin. Mon geste a condensé l'espoir d'une jeune nation. Mon nom a été brandi comme le symbole d'une naissance.

La première étonnée de ce déferlement d'adoration a été, bien entendu, ma chère épouse. Elle s'est faite toute petite pour que je l'oublie. Je ne l'avais pas oubliée, mais je savais que c'était grâce à elle que tout cela m'était arrivé. J'ai été suffisamment magnanime pour lui laisser quelques jours de repos, tandis que je goûtais à ma nouvelle stature de héros.

Il n'y a pas eu de guerre civile. Ce n'était pas grâce à moi, mais ma nuit en prison ne serait oubliée par aucune des personnes qui me connaissaient.

J'ai gardé ce caleçon troué pendant longtemps. Elle ne pouvait deviner pourquoi je souriais parfois en le caressant dans l'armoire : l'étoffe des héros, l'appelais-je.

Qu'importe si un jour est passé, ou plusieurs, ou dix millions de jours? Si mes souvenirs ont eu raison de la nuit ou n'ont fait que la prolonger? Je m'avance vers la plus longue échéance et toute aube est meurtrière.

Le chant des oiseaux, de nouveau, quadrille l'espace. Je l'entends moins bien, de trop grandes turbulences m'assaillent.

Je ne sais plus qui, de Kitty, Malika ou la mère, est venu me souffler des mots nus aux oreilles.

D'abord, c'était une sorte d'haleine douce, à peine un râle. Quelques mots, tout juste discernés dans la brise de leur bouche. Robe de velours, disait l'une. Sari vert, disait l'autre. Déchirée, la robe. Brûlé, le sari. Cheveux sanglants. Lèvres rouge sang. Pattes coupées. Caleçon troué. Mensonge de vie. Vérité de mort. Traces violettes. Sang de bête. Scalpel tranchant. Le ventre et l'enfant.

Comme des jeux d'enfants, des comptines cruelles, elles scandaient les heures de ma vie en mettant le doigt sur les plaies, les sutures, la hernie sur le point d'éclater.

D'abord, ce n'était qu'un rythme plaisant, écho de tambour à l'arrière de ma tête. Même pas une migraine, rien que les picotements dansants de la pluie sur un toit de tôle :

Combien d'années ? Trop longtemps. Laissée seule. Laissée pour morte. Dokter Bissam a fermé la porte. Mais moi dedans ! Et moi dehors ! Cessez de crier, vous me faites mal. Cessez de frapper au carreau, j'ai une écharde dans l'œil. C'était un soir de fête. Tu te souviens ? Je ne me souviens de rien. Il doit parler.

Ensuite, les voix se sont mélangées, sont devenues criardes, et je ne suis plus arrivé à les distinguer. J'ai senti des mains qui m'effleuraient le cerveau, main de Kitty, main de sa mère, et puis un doigt, le doigt impur de Malika, qui s'y enfonçait, faisait un trou précis juste là où se situent la raison et la douleur.

Raison et douleur. Ces deux mots-là s'accordent-ils vraiment ? Sans raison, pas de douleur. Ou bien souffre-t-on davantage de la déraison ? Je dis n'importe quoi pour ne plus sentir ce doigt qui fouille, qui touille, qui va dénicher les secrets, c'est cela qu'il cherche, le centre de mes secrets. Tu peux toujours chercher, vieille fille, ce n'est pas là qu'ils se trouvent mais plus bas. Bien plus bas, ha ha !

Mais qu'est-ce que je dis ? Qu'est-ce que je raconte ? C'est sûr, elles vont me rendre fou. Toutes les trois. Oh voilà que le doigt parvient au centre des injures. Oh, que ça fait du bien. J'ouvre la bouche en grand, je prends une bonne respiration et j'y vais : Lisien ! coson ! saleté ! Encore une fois : Lisien ! coson ! saleté ! lisien ! saleté ! coson ! maquerelle ! zanimo ! Remonte, glaire amère, merveille du langage ! Pas bien méchantes, ces injures. Mais quand c'est dit à sa fille, ça fait de l'effet. Quand c'est dit en arrachant la belle robe d'anniversaire, velours assassiné, tandis qu'elle bouillonne de larmes, c'est efficace. Quand c'est dit en assénant quelques gifles sur la face chapeautée et quelques claques sur les fesses désarçonnées, c'est autre chose. Elle avait qu'à pas danser avec un homme, même imaginaire. Et voilà le sac qui valse, et voilà les chaussures qui tanguent contre le miroir, et voilà ta face tournoyée, ma fille, qui as si bien su gâcher la surprise de ton père, les cadeaux choisis avec tant d'amour !

Oh que c'est bon, touille encore, j'ai envie d'entrer au cœur de ma colère, ça faisait longtemps, ça faisait si longtemps, Malika, que je n'avais plus de victimes, donne-moi encore cette euphorie de rage, que je m'y plonge, que je boive de ce nectar au goût d'anis et de vertèbres — qui n'a pas connu la libération de la fureur ne peut en connaître la délectation. Ce n'est pas de la méchanceté, détrompe-toi. Au contraire, c'est la certitude de corriger quelque chose de mauvais, de rectifier ce qui est déformé, cela n'a rien à voir avec le mal mais avec l'image que l'on se fait d'un monde bien, d'un monde ordonné et cadencé et discipliné et rythmé. Sans ordre, rien n'aurait de sens. Il faut bien que quelqu'un prenne les choses en charge, sinon les cons régneraient sur terre. Chaque homme doit être maître dans sa famille et si la famille ne comprend pas ça il faut le lui apprendre. Cette sagesse-là est connue depuis des millénaires mais ce n'est que maintenant que les femmes se réveillent et se disent qu'il n'y a pas de raison. Et pourtant si, mes belles, il y a une raison, c'est que nous en savons plus que vous. C'est aussi simple que ça.

Nous avons pour nous la sagesse de notre sexe.

Et si tu n'avais plus de sexe, serais-tu aussi sage ?

Le doigt de Malika me dit des choses étranges. Je ne comprends pas ce qu'il dit. Petit touillage dans un autre lieu du cerveau, moins confortable celui-là.

Et si tu devenais une femme, ressentirais-tu les choses de la même façon ? demande le doigt.

Je me vois vêtu d'un sari vert. Tiens, je suis de l'autre côté de la barrière. Tiens, j'ai une longue, belle natte qui me descend jusqu'aux genoux, et je me sens heureuse quand je la défais le soir et que les coulées d'eau sombre dévalent mes reins. Tiens, je me souris dans le miroir.

Mais le bonheur n'est pas pour moi, je le sais depuis mes quinze ans. La vie ne sera pas pour moi non plus. Je nourris la mort en consolation dans mon ventre. Juste à côté du bébé qui grandit.

Non ! Ce n'est pas moi, je ne suis pas une femme, manquerait plus ! Et elle n'a pas vécu avec la mort, c'est la mort qui est venue la chercher, accidentelle, inattendue, comme toute mort.

Et si tu n'avais plus de sexe, serais-tu un ange ?

Maintenant, ce n'est plus un seul doigt qui me farfouille mais plusieurs, qui semblent jouer une sorte de symphonie dans mon cerveau. Extraordinaire sensation ! J'ai l'impression de voyager très loin, ou de rester en place et de grandir jusqu'à ce que j'aie rempli l'univers, ou encore de devenir minuscule et de voyager à l'intérieur de ma chair comme un atome. Je ne sais pas ce qu'elle trafique à l'intérieur de ma tête. Ça m'effraie. Elle peut me rendre fou ou gaga, me transformer en légume ou tout simplement me tuer d'un seul coup.

Laisse-moi tranquille !

Mais je ne te fais rien, rien du tout, murmure-t-elle. Laisse-moi seulement te parler de mon père. Ou préfères-tu que ce soit elle qui le fasse, sa femme ?

Sa femme ?

Oui, sa femme, cher grand-père, sa femme prénommée Kitty qui est aussi ta fille ! Tu as bien réussi à ignorer ton gendre de son vivant, mais maintenant je ne te permettrai pas de l'ignorer plus longtemps.

L'ignorer ? Je n'ai pas ignoré ton père, ma

chère petite, pas du tout ! On ne peut pas ignorer l'invisible et l'inaudible, on ne le voit pas et on ne l'entend pas, c'est tout à fait différent !

Mais qu'est-ce que je dis ? Je ne dois pas dire cela à Malika, elle sera impitoyable, ange mortel, et d'ailleurs voilà que par vengeance elle touche une partie sensible de mon cerveau qui se réverbère dans une autre partie sensible de mon anatomie.

Aïe ! Tu me fais mal !

C'est bien mon intention, grand-père.

La symphonie s'amplifie, s'accélère. Elle va simultanément faire exploser ma tête et me castrer. Il faut qu'elle arrête, je ne vais pas pouvoir tenir encore longtemps, c'était donc ça la torture envisagée par elles, jouer du piano sur mes neurones ! Je ne me doutais pas qu'elle savait faire ça, la Malika, avec ses airs de vache molle, ses hanches grasses, enfin non, pas vraiment grasses mais larges, mais importantes, c'est ça, des hanches importantes et parfois majestueusement ridicules, les yeux si lents à se focaliser, je ne savais pas qu'elle aurait ce doigté léger et précis, presque voluptueux (mais elle m'en a dit quelque chose, il n'y a pas longtemps, de son doigté), qu'elle aurait cette science qui élude tous les chercheurs, celle de connaître les emplacements précis des émotions, des souvenirs, des illusions, des mensonges, des douleurs et du désespoir, je devrais lui demander de me révéler ce secret, j'aurais le prix Nobel de médecine, peut-être en aurais-je le temps, qui sait, une telle découverte, cela vaut la peine de survivre encore un peu, rien que pour ça.

Mais je n'arrive pas à formuler la question, je baragouine, ma langue barbote dans une mare de salive qui déborde et s'écoule de ma bouche, je sais que je dois être dégoûtant mais ce n'est pas ma faute, c'est elle qui me fait ça en jouant sauvagement et savamment de ma tête.

Bon, acceptons de parler de son père, puisque c'est ça qu'elle veut.

Ogay, ogay, barlons-en, prononcé-je dans un épanchement liquide.

Kitty rapplique en quatrième vitesse. Elles sont toutes les deux à mes côtés, droites comme des sentinelles mal fagotées. Malika allège un peu la pression. Pourquoi veulent-elles parler de cet homme, mari et père, qui n'a rien signifié de son vivant, et encore moins de sa mort ?

Mais quelqu'un peut-il ne rien signifier ? Comment est-ce possible ? On vit tous pour quelque chose, pour remplir une fonction, pour accomplir quelque chose, mais lui ? Cet homme si pâle qu'il en était exsangue, si timide qu'il en était insignifiant, si tranquille qu'il en était invisible, c'était cela que Kitty avait choisi en cachette, tandis que moi je lui cherchais un mari à ma hauteur.

Elle l'a rencontré à la bibliothèque où il travaillait. Normal, c'est là que la chatte avait plus de chances de trouver son rat. Gris devant ses étagères croulant sous les livres que personne ne lisait ou sous les énormes collections de journaux reliés, moisi comme eux par la solitude, familier comme eux des rats qui y trouvaient de quoi nourrir leur immense faim de savoir. Au début, Kitty allait emprunter des livres une fois par semaine. Je n'ai pas vu qu'elle y allait de plus en plus tôt et de plus en plus souvent. Elle a été assez maligne pour ne rien me révéler. Ils s'y sont pris, il faut le dire, adroitement.

La demande a été faite en bonne et due forme par sa famille et je n'ai rien soupçonné. Ce n'est que lorsque tout a été décidé et les fiançailles célébrées que j'ai su qu'ils avaient tout manigancé, lui et Kitty. Je l'ai détesté du premier coup. Ce garçon replié sur lui-même comme un mouchoir de papier usé avait conquis ma fille et m'avait eu par la ruse.

Bibliothécaire !

Heureusement pour nous tous, il est mort de tuberculose cinq ans après leur mariage. Quand il est mort, tous ont dit qu'il était un homme bon. C'était sa seule épitaphe. Il n'y avait rien d'autre à dire de lui. J'ai eu du mal à cacher ma moquerie de cette seule phrase répétée par tout le monde comme si cela signifiait quelque chose.

Malika était encore toute petite. Je me souviens de sa désolation à la mort de son père. Kitty, elle, n'a pas pleuré. Les gens ont murmuré face à cette absence de tragédie. Mais son silence et son calme en disaient plus long sur sa douleur que les cris et les gémissements de la mère et des sœurs du mort. J'ai ramené Kitty et Malika chez moi. Je n'osais leur montrer que je souriais, que dans mon cœur je chantais les louanges du destin, que je ne ressentais aucune tristesse pour l'homme décédé. Mais je sais à présent que Malika l'a deviné.

Pauvre homme, dis-je à présent, m'efforçant d'être compatissant pour me sortir de cette mauvaise posture. Je l'aimais bien, vous savez, mais je ne savais pas lui exprimer ma sympathie. Il n'a pas été gâté par la vie, c'est le moins qu'on puisse dire.

Silence. Statues de marbre, chacune d'un côté du lit, jugeant mes paroles. Je dois faire mieux.

D'accord, d'accord, je n'ai pas su l'apprécier à sa juste valeur. C'était un homme bon, ils l'ont tous dit à sa mort. De qui peut-on dire cela, de nos jours ? Ça ne court pas les rues, les hommes bons.

Je pousse un soupir. Toujours silence. Pas suffisant. Note encore trop moyenne. Les deux femmes ne m'autorisent pas la moindre faiblesse. Je reprends :

Ce n'est que maintenant que je comprends à quel point il a été un bon mari pour toi, Kitty, et un bon père pour toi, Malika. Et puis, tous ces livres qu'il avait lus, avec quelle érudition et quelle passion il en parlait... oui, je m'en souviens.

(Forcément, il devait lire puisqu'il n'avait rien d'autre à faire ! Il était bibliothécaire ! Entouré de rats ! Ses vêtements froissés ressemblant à des journaux archivés ! J'ai du mal à rester grave et convaincant dans mon nouveau rôle de père compréhensif.)

Kitty, tu n'as pas pleuré au moment de sa mort, mais je sais que c'est parce que ta douleur était bien plus grande que les larmes.

Ça, c'est bien trouvé : « plus grande que les larmes ». Je me tais, attendant une réaction de leur part. Je dois me taire, parce que j'ai envie de rire. Mais elles ne rient pas, elles. C'est comme si je passais un oral. Mes examinatrices sont impitoyables.

Insuffisant, disent leurs bouches fermées. Malika tend la main, la pose presque tendrement sur mon front.

Tu veux que je recommence à t'explorer le cerveau, grand-père ? demande-t-elle. Non ? Alors dis la vérité à Maman, parce qu'elle ne mesure toujours pas ta duplicité.

Elles commencent à m'énerver.

Je ne sais pas ce que vous attendez de moi. Après tout, je l'ai à peine connu, je n'ai pas grand-chose à en dire. C'est ça, la vérité. Je le respecte, vous ne pouvez contester cela.

Évidemment, même si je l'avais connu comme ma poche, je n'aurais pas eu grand-chose à en dire, ou autant qu'il y a à dire d'une poche vide, si vide qu'elle ne contient même pas quelques bouloches de poussière au fond. Mais cela, je le tais.

Douleur immédiate et fulgurante. Malika sourit de son sourire aigre.

J'entends ce que tu penses, grand-père, ne t'en es-tu pas encore rendu compte ? Pas la peine de faire semblant.

Je fais un effort surhumain pour m'interdire de formuler la prochaine pensée, si terrifiante que je suis à la fois subjugué et assommé par son énormité :

ton père, Malika, n'était pas vraiment un homme. Je suis à peu près sûr qu'il était. Impuissant.

Je crois m'évanouir de douleur tant sa vengeance est rapide. Peut-être me suis-je évanoui. Peut-être ai-je crié.

La porte s'ouvre. Elles entrent toutes les deux. J'ouvre un œil, puis l'autre. Je ne comprends plus rien.

Qu'est-ce qui t'arrive ? demande Malika.

Tu m'as fais mal, lui dis-je, boudeur.

Je ne t'ai rien fait, tu as rêvé, dit-elle froidement.

Je n'en sais rien. Je souffre et elles s'en foutent. J'en ai marre d'elles. Je leur tourne le dos et je fais semblant de me rendormir.

Insuffisant, prononcent-elles dans mon dos.

Décret de toutes les femmes au bout de ce temps impitoyable qu'elles accordent aux hommes.

Non, mais sans plaisanter, cet homme, je ne sais pas ce qu'elles lui trouvent. Leur amour à toutes les deux est-il sincère? Je crois plutôt que maintenant qu'il est mort, elles sont libres de l'imaginer comme elles le souhaitent, d'en faire un homme ou un ange selon leur humeur (et parfois même un démon, c'est bien aussi, dans certaines circonstances, n'est-ce pas mes belles, un démon aux yeux de démon, aux lèvres de démon, aux mains de démon), de déverser leur adoration à ses pieds sans craindre qu'il ne les écrase sous ses souliers d'homme, de l'affubler de qualités de femme et de se dire, puisqu'elles n'ont aucun autre motif d'orgueil et de dignité, qu'elles étaient la femme et la fille d'un grand homme.

Je le reconnais, je n'ai jamais pu l'encadrer parce qu'il était tout ce que je n'étais pas, et Kitty l'avait choisi parce qu'il était mon contraire. Mais qu'il soit mon contraire ne signifie pas qu'il est tout ce qu'un homme doit être. D'ailleurs, il n'a pas survécu. Preuve qu'il ne valait pas grand-chose. Preuve que d'autres étaient plus aptes que lui, mieux adaptés à la lourde tâche de survivre — suivez mon regard.

Lui et Kitty. Kitty en sari rose avec des paillettes argent, allant au cinéma avec lui. Lui disant à Kitty, ne sachant pas que je pouvais l'entendre, qu'ainsi habillée, il ne pourrait plus regarder ni le film ni l'actrice parce qu'il n'aurait qu'une envie, c'était de rentrer à la maison avec elle. Lui revenant du cinéma et chantant les chansons du film à l'oreille de Kitty. J'avais envie de vomir les rares fois où j'étais chez eux et que je les entendais sourire dans leur chambre. Et c'est vrai qu'elle était belle, ainsi, Kitty, dans son sari rose à paillettes, belle avec ses cheveux noirs ramenés en chignon sur la nuque, belle avec ses perles aux oreilles, belle avec ses sandales argentées, belle comme sa, comme sa mère, oui, disons-le, ça me faisait mal de la voir rire avec cet homme de carton-pâte, comme si c'était sa mère qui me trahissait, qui s'en allait au bras d'un autre homme, qui allait au cinéma, puis marchait dans les salines, puis s'asseyait sur un banc, puis rentrait débordante d'amour et de désir, je ne le supportais pas, je m'enfermais dans ma chambre et tournais en rond en me retenant de fracasser quelque chose. Je les entendais parler si longuement que je finissais par me consoler en me disant que, en fin de compte, il ne devait jamais passer à l'acte. Ce n'était qu'un beau parleur.

Un jour que j'étais chez eux et qu'ils étaient sortis, j'ai vu le sari rose qui séchait dehors au soleil. Le vent l'agitait avec une sorte d'insistance moqueuse. Je l'ai touché, j'en ai caressé le tissu à la fois soyeux et rugueux, à cause des paillettes, j'ai respiré l'odeur du savon et j'ai cru y déceler le parfum de Kitty malgré le lavage, et autre chose, un parfum de désir, moins agréable. J'ai décroché le sari et je l'ai ramené dans ma chambre. Je l'ai étalé sur le lit et je me suis mis à en renifler chaque partie pour découvrir ce qui me déplaisait, petit à petit je m'y suis empêtré, je m'y suis enroulé, c'était doux et cela faisait un bruit de cascade dans mes oreilles, je ne m'imaginais pas combien cela pouvait être doux à porter, un vêtement de femme, j'ai écouté la cascade de Kitty et cru déceler les parfums de son corps, et ce n'est qu'au bout d'une longue exploration de ces cinq mètres de jungle soyeuse que j'ai découvert le lieu de ma douleur. Ce lieu de sa trahison de femme était imprégné d'une odeur d'homme, impossible à méconnaître, et c'est pour cela qu'il avait été lavé, le sari, pour tenter d'enlever toute trace de la trahison, mais on ne peut ainsi déguiser les preuves ou les effacer, ma chère fille, douce maquerelle, ne crois pas que tu puisses dissimuler à ton père ce qu'il doit savoir, les cochonneries auxquelles tu te livres la nuit ou peut-être même le jour au vu et au su des regards, qui sait, tu n'as peut-être aucune pudeur, aucune honte à me révéler ainsi ce que vous faites, le déguisant en soirées romantiques alors qu'il n'y a là que la bestialité de ce rat de bibliothèque qui a l'air si anodin, si inoffensif, mais pas quand il est seul avec Kitty, n'est-ce pas, oh non, là d'un seul coup il se souvient de ce que c'est qu'un homme, il a une partie mâle qui vibre, il en est bien fier de sa virilité, n'est-ce pas, t'as vu Kitty, je suis pas juste un bibliothécaire tire-au-flanc, je sais aussi user de mes atouts, j'en ai plein, tu vois, une fois ma panoplie de rat enlevée, je sais mordre et lécher et sucer et pénétrer, tu vois, je sais tout faire bien, même m'épancher dans ton mer-veilleux sari de rêve, de fée, cela aussi je sais le faire, bien souiller ce qui est propre, tu vois, ce qui est pur, ce corps rose d'enfant, cette soie pré-cieuse qui n'aurait jamais dû m'appartenir, voilà, tu vois, je suis quand même un mâle, tu vois, avec mes airs de femelle apeurée, je suis un mâle avec sa voracité et ses recoins sales et ses odeurs d'urine, et tu m'appartiens dans ton sari rose peau comme tu ne pouvais appartenir de droit à ton père qui nous regarde désormais depuis sa soli-tude, rions-en, Kitty, rions-nous de lui, seul dans sa chambre à se dévorer les doigts de colère, lais-sons-le écouter nos souffles sucrés et deviner quand le silence dissimule des râles, payons-nous sa tête avec ce sari rose étalé au grand jour, au grand soleil, au grand vent, et qui dégage à chaque passage l'essence furtive de nos sexes, oh Kitty, oh Kitty

de rage, de rage, j'ai pris mes ciseaux à ongles et j'ai tailladé le sari jusqu'au sang, je l'ai lacéré comme on lacère une peau, j'ai pris soin de ne laisser aucun endroit intouché, je devais les poignarder tous les deux à chaque recoin de leur corps pour me sentir bien, pour me sentir libre des mensonges du sari enroulé autour d'eux et de leurs organes déployés devant mon visage

le rat, le rat, j'assassine le rat et sa cohorte.

Le rat qui m'a tout pris et qui a même usurpé ma virilité.

Plus tard, je me suis souvenu que j'avais aussi un jour coupé le sari de la mère. Toutes ces femmes qui s'enveloppent dans leurs belles étoffes précieuses, si précieuses qu'elles croient que leur corps est de même un bijou intouchable, uniquement caressable de loin, qui se transforment en êtres éthérés que la vie ne touche pas, elles doivent bien un jour recevoir une leçon de choses.

Et, encore plus tard, j'ai conclu que cet épanchement dans le sari, c'était la preuve qu'il avait ce problème masculin dont se plaignaient tant de mes patients. J'ai ricané en rassemblant de grandes brassées du tissu témoin de son ignominie d'homme. Et j'ai commencé à compter les jours et les mois.

À part Malika, leur mariage n'avait abouti à aucune progéniture.

J'ai jeté le sari rose à la poubelle. Kitty l'at-elle retrouvé ? A-t-elle compris ce que signifiait cette attaque en règle ? Toujours est-il qu'ils sont venus de plus en plus rarement chez moi et m'ont invité de plus en plus rarement chez eux. Kitty a voulu couper les ponts. L'autre était bien trop faible pour dire quoi que ce soit. D'ailleurs que pouvait-il bien dire ? Il avait sa femme. Il avait ma Kitty. Il avait sa fille. Il avait mes choses précieuses, qui me revenaient de droit, et il ne me restait rien.

C'est ça qu'elles veulent que j'avoue, les crétines ? N'ont-elles pas compris cela sans que j'aie à le leur dire ? Il y a des hommes qui, de par leur nature, ont le droit de prendre ce qu'ils veulent ; c'est une espèce de royauté naturelle comme celle du lion ou du tigre. Ils ont le droit du clan. Ils guident, ils protègent, ils perpétuent l'espèce et ils ont des droits. Dans la nature, cet ordre est admis sans conteste, jusqu'à ce qu'un mâle plus fort vienne se battre pour conquérir cette place. Personne n'est venu se battre contre moi pour conquérir mes femmes. Quelqu'un me les a volées sans se battre, en se camouflant derrière son rideau de moisissure et de poussière et son semblant d'amour féminin et de douceur et sa rassurante fadeur. Je ne lui concède pas la victoire. D'ailleurs, il n'a pas gagné la guerre. Il était de la nature des vaincus, puisqu'il est mort si vite. J'ai repris ma place naturelle. Elles me sont revenues, toutes les deux, pour un long temps où j'ai régné avec bienveillance, m'appliquant à les maintenir sur la voie tranquille et subjuguée que doivent suivre les femmes si elles veulent être aimées, des années de, oui, disons-le, n'ayons pas peur des mots, de jouissance où j'ai été comblé comme aucun homme, jusqu'à ce que Kitty finisse par prendre la fuite et se séparer de moi.

Mais que m'importait : j'avais eu ce qu'il y avait de plus précieux en elles.

Je suis de la nature des conquérants. Qui ose dire le contraire ? Qui veut maintenant me prendre ma place ? Pourquoi en aurais-je honte ?

L'ère de la culpabilité, voilà où nous en sommes. Hommes, mes frères, croyez-en la parole d'un mourant lorsqu'il vous dit que la culpabilité est une notion inutile. L'espèce femelle pratique une nouvelle forme de prédation : elle nous massacre de hontes. Il faut nous battre en retour, sinon à quoi aura servi tant d'assiduité à construire le monde ? Nous aurons fait tout ce parcours pour être finalement réduits à si peu de chose, relégués aux seconds rôles, coiffés au poteau, délestés de nos accomplissements ? Qu'ont-elles fait pour le monde, en vrai ? Qui ont été les plus grands, les découvreurs, les défricheurs, les fondateurs ? Qui a changé le destin de l'homme depuis la préhistoire, découvert le feu et la roue, les outils et la chasse, l'agriculture et la mécanisation ? Qui a fait avancer la science et la culture ? Aujourd'hui que tout est fait, que tout est construit, que tout est mis en œuvre pour leur confort, elles viennent s'installer en parasites dans nos rôles. Elles tentent toujours de prouver qu'elles peuvent faire aussi bien que les hommes. Mais ne devraient-elles pas plutôt prouver qu'elles peuvent faire les choses différemment et mieux ? Elles sont promptes à prendre ombrage de toute misogynie et de tout machisme, à réclamer leurs droits égaux, mais, depuis l'ère de Cro-Magnon, elles n'ont pas vraiment changé, elles sont toujours hantées par le besoin d'enfanter, ce qui est normal, de domestiquer l'homme, ce qui est peut-être normal aussi, de construire des nids, normal, mais désormais elles veulent aussi usurper la place de l'homme. Maintenant, tout leur est dû. Moi je dis, si nous leur laissons la place, nous serons impitoyablement mis à mort, sortis de nos peaux, défaits de nos conquêtes et laissés à pourrir dans l'esclavage et la servilité. Hélas ! Nous creusons notre tombe de nos dents. Moi qui sais que je vais mourir, je leur passerai malgré tout la pelle et je les regarderai creuser. Elles ne méritent pas mieux.

Je ne suis pas misogyne, je suis réaliste.

Mais je suis seul à crier dans ma cave. Je rage de ne pouvoir parler plus fort, faire entendre mon amertume, alerter les hommes de la nécessité de la révolte, les forcer à faire face à tout ce qu'ils ont sacrifié, les exhorter à faire demi-tour avant qu'il soit trop tard, avant qu'ils aient perdu tout respect d'eux-mêmes, avant qu'elles aient tout pris de ce qui pouvait nous donner une raison de croire en nous-mêmes et avant qu'elles aient mené à bien l'hécatombe. Car si vous êtes perdus, vous, imaginez ce que seront leurs fils ! Imaginez grandir avec ces figures de déesses sordides qui veulent tout être à la fois, qui veulent incarner l'impossible perfection, qui veulent qu'on les apprivoise puis qu'on s'agenouille, qu'on les contraigne puis qu'on les idolâtre, qu'on les viole puis qu'on les caresse, qu'on les brutalise puis qu'on leur demande pardon, et toujours, toujours, qu'on suive leurs caprices sans rien recevoir en retour !

Pauvres fils de ces amazones fourvoyées, je ne sais ce qu'il adviendra de vous quand elles seront lasses de leurs jouets. Elles vous livreront en pâture à leurs filles, elles en auront entre-temps fait des chiennes sauvages, elles vous conduiront à vos cages pour attendre sagement votre devenir de prisonniers.

Je suis trop vieux et trop mal en point pour conduire une révolution. Pauvres frères, que Dieu ait pitié de vous. Rejoignez un monastère ou battez-vous, je vous en supplie, avant qu'elles fondent sur vous comme un vol de criquets et ne laissent derrière elles qu'une écorce de paille. Il me semble déjà entendre le bruit minuscule mais obsédé de leur voracité. Immondes petites mandibules qui grignotent, éternelles affamées de nos succès, de nos envies, de nos hardiesses, elles n'auront de cesse que de n'avoir pris de nous substance et vitalité, nous laissant, morts-vivants, errer parmi nos ombres.

Quelques larmes pâles coulent au coin de mes yeux. Je suis triste pour eux, pour eux tous, ceux qui restent. Ils ont hérité du monde et ils l'ont perdu. Peut-être ne doivent-ils s'en prendre qu'à eux-mêmes. Mais je crois que leur seule faute est de n'avoir pas vu venir l'inévitable. Comment deviner que ces visages tranquilles, ces corps souples d'enfants dissimulaient tant de poisons ?

Nous avons bu à ce poison et nous nous sommes retrouvés délestés de tout pouvoir. Comme dans tous les mythes, les héros finissent par être conquis. Héros déchus, notre errance a déjà commencé. Elle ne finira pas de sitôt.

Il nous faudra du courage pour entreprendre ce long périple et revenir à notre point de départ, celui que nous n'aurions jamais dû quitter. Il n'y aura plus d'aventures guerrières et héroïques tant que nous n'aurons pas repris le pouvoir. Il suffit de voir les bourbiers modernes, le ratage de toutes les entreprises un tant soit peu risquées, la nécessité constante de s'excuser de tout, apologies publiques et médiatiques ou privées et secrètes, peu importe, il nous faut tout le temps nous excuser pour des choses que nous avons toujours faites et qui seraient, jadis, allées de soi. Nous nous embarquons dans des actes dangereux à nos risques et périls. Nous n'avons même plus le courage de les assumer, ni de comprendre qu'ils font partie de ces instincts qui nous régissent, qu'ils font partie de notre nature d'homme : il n'y a aucune raison de nous en excuser.

À genoux, disent-elles sans cesse, demande pardon, exigent-elles, fais amende honorable, réclament-elles. Et nous nous agenouillons, demandons pardon, faisons amende honorable. Pour rien au monde nous ne leur tiendrions tête. Trop difficile, désormais. Mieux vaut battre en retraite et se réfugier dans une tranquillité humiliée, chevaliers sans armures, mollusques sans coquilles. Mieux vaut croire que nous maîtrisons encore les choses tandis que, retranchés derrière nos murs, nous ressassons nos griefs en silence. Race peu glorieuse, engeance masculine rimant mieux avec féminine que mâle, condamnés à chercher auprès de nos pareils une compréhension et un respect que nous n'obtenons plus d'elles, trop contraires, trop imbues d'une importance qu'elles nous ont volée, avec nos pantalons et nos certitudes — il ne nous reste qu'à nous terrer sagement dans nos tanières.

Je vous le dis, moi qui n'ai jamais compris comment sont fabriqués les homosexuels, je pense à présent qu'il s'agit là d'une étape normale de notre déchéance (je dis nous en m'identifiant avec mes frères hommes, mais je ne fais pas partie de la déchéance, je ne fais que la constater). Quand je pense qu'ils sont obligés de chercher le réconfort auprès de corps semblables, dont le seul emboîtement possible me soulève le cœur de dégoût, quand je pense aux odeurs qu'ils doivent partager, à la raideur qu'ils doivent apprivoiser et apprendre à aimer, muscles, sueur, aisselles poilues, peaux rugueuses, toute la laideur de ces parties obscures dans lesquelles ils doivent s'aventurer pour trouver leur plaisir, j'ai envie de pleurer de pitié. Un corps de femme est fait pour être troué et troublé et tourmenté, mais pas un corps d'homme, non ; une telle humiliation n'a jamais été notre dû.

Je suis heureux, tout compte fait, heureux de

mourir maintenant et de ne pas faire partie de votre époque. Je n'y appartiens pas. Mon orgueil naturel n'aurait jamais été compris. Ma dignité aurait sans cesse été bafouée. Et je me serais peut-être retrouvé en prison pour ce qui, selon moi, n'a jamais été un crime. Je ferais peut-être mieux de me taire et de partir en silence, mais je me dis que, quelque part, quelqu'un entendra ma voix et verra la lumière.

Les illusions sont tenaces. Je comprends que nombre d'entre vous aient du mal à faire face à l'évidence. J'étais ainsi, il fut un temps. Quand ma femme a été de nouveau enceinte, je me suis dit que les choses iraient mieux. Ma clientèle avait augmenté, nous avions un peu plus d'argent qu'avant, je pouvais payer une bonne pour faire le ménage et m'éviter les accès de colère, de déception et de dégoût, et je pensais qu'elle comprendrait enfin l'importance de ma tranquillité d'esprit : je donnais tellement de moi-même à mes patients, une si grande part de mon énergie, de ma peine, de ma fatigue, que mes cheveux blanchissaient plus vite qu'ils ne l'auraient dû. Tout le monde savait à quel point j'étais généreux de mon temps et de mon usure, mais elle, non. Elle faisait comme si rien de tout cela n'avait d'importance. L'important c'était elle, elle seule. Elle ne l'affirmait pas en autant de mots. Mais, je l'ai dit, ses yeux étaient particulièrement loquaces et il suffisait que je la voie pour que tous les reproches jaillissent comme des feux d'artifice sans joie et sans célébration. La seule réponse possible était d'écarter d'une gifle ce blâme injuste, hors de ma vue, *sorti la alle zanimo*, mes injures favorites contraient ses malédictions silencieuses et, ensuite, il ne restait plus rien dans la maison, rien d'autre que Kitty cachée quelque part, massacrée de peur, qu'elle dans sa chambre, endormie de rancune, que moi allant et venant un peu partout, prenant à témoin nos dieux silencieux.

Même enceinte, elle n'a pas changé. Son ventre grossissant ajoutait au reproche. J'ai fini par éprouver envers elle une haine si solide, si épaisse que je me suis mis à prendre du ventre aussi, comme pour lui signifier qu'il n'y avait pas de quoi s'enorgueillir de son état ni penser qu'elle devait bénéficier d'un traitement de faveur.

Kitty pleurait tout le temps, des plaintes tragiques d'enfant gâté. Au début, sa mère tentait de la réconforter et de la distraire. Mais, petit à petit, elle s'est contentée de la tenir dans ses bras, le visage clos et immobile, les deux ressemblant à une statue érigée en l'honneur de la tristesse, à un monument aux morts. C'était comme si l'enfant pleurait pour deux. Tout ce que l'adulte n'exprimait pas dans sa fixité sortait par la bouche tordue de la petite, par l'invraisemblable flot de larmes qu'elle était capable de verser, par la fébrilité du petit corps qui, au bout de quelques heures de pleurs, était secoué de spasmes épuisés.

Je tentais de les ignorer, de sortir de la maison,

de faire comme si elles n'étaient pas là ou ne me concernaient pas le moins du monde, je tentais de vivre ma vie comme si elles ne la tourmentaient pas de par leur seule présence, comme si elles ne l'avaient pas transformée d'une manière irréversible, comme si elles n'étaient pas les barreaux d'une prison que je m'étais construite sans le savoir. Mais la fatigue avait raison de moi et ma résistance craquait. Elle voulait voir jusqu'où je pouvais aller. Elle me mettait à l'épreuve. Elle voulait que je la tue de mes propres mains. Elle aurait sa vengeance, me sachant enfermé dans une véritable prison alors qu'elle serait, elle, libre de tout, y compris de la vie.

Je ne lui ai pas donné cette satisfaction. J'ai dit la vérité : ce n'est pas moi qui l'ai tuée.

Cela a été une suite de circonstances tragiques, comme l'a déclaré la police, chacune s'ajoutant à l'autre jusqu'à l'acte final. Rarement aura-t-on vu une telle séquence. Moi qui ne croyais pas aux superstitions de mes compatriotes, aux radotages de mes vieux patients qui s'imaginaient que faire bouillir un clou rouillé dans de l'eau et la donner à boire à une femme enceinte la guérirait de l'anémie, que la cendre de cigarette cicatrisait les plaies, que l'écorce de bois de ronde faisait fondre les calculs biliaires, j'ai dû à ce moment-là croire à quelque chose de plus fort que nous, à un destin néfaste, à un karma dont ma femme était chargée dès la naissance et qui l'avait conduite à cette fin impossible. J'ai dû me rendre à l'évidence que les probabilités d'une telle séquence de drames étaient presque inexistantes. Et une certitude m'a coupé le souffle : même ma violence envers elle n'était que le résultat de ce destin : je n'étais pas responsable de ces actes qui me hérissaient de chagrin, j'y avais été conduit par la nécessité d'un châtiment qui datait de bien avant moi, de bien avant elle, d'une autre de ses vies chargées de culpabilité. Elle était revenue pour les expier toutes.

J'ai eu alors cette pensée glaçante : qu'avait-elle bien pu faire dans cette autre vie, quels crimes avait-elle bien pu commettre pour mériter cela ? J'ai regardé son corps détruit, incendié bien avant l'heure du bûcher qui nous attend tous, et je lui ai dit, sans regret : tu étais coupable. C'était elle qui m'avait enchaîné à son karma et qui m'avait attiré dans cette spirale de violence et de douleur. Je n'étais que l'instrument du châtiment. Cette pensée m'a bien entendu attristé. Je ne pouvais me sentir en paix avec l'idée d'être l'outil du destin. Mais j'avoue que je me suis senti dédouané. J'ai marché derrière son cadavre avec une impression de libération et de pardon. Sa punition était achevée, peut-être renaîtrait-elle dans de meilleures conditions, et je pouvais, moi, démarrer une autre vie.

Mais cette suite ; cette chaîne ; cette séquence : il m'est difficile de la raconter, tant elle paraît invraisemblable. Et pourtant, elle est vraie.

D'abord l'enfant est mort, peu de temps après sa naissance. Je ne m'y attendais pas. C'était un garçon chétif mais apparemment en bonne santé.

Elle l'a pris dans ses bras avec un sourire que je ne lui avais pas vu depuis longtemps. Elle a caressé ses joues tendres, ses cheveux, ses mains. Elle a embrassé son front. Une couleur absente s'est éveillée un court instant sur son visage, me rappelant l'époque où elle était belle.

Quand je suis venu voir le bébé, la sage-femme me l'a présenté avec orgueil parce qu'il était mâle, comme si c'était elle qui l'avait produit. *Enn zoli garson*, a-t-elle triomphé. Je l'ai pris, partagé entre la joie d'avoir cet enfant mâle et la tristesse de savoir qu'il ne nous apporterait aucun bonheur. Elle était partie trop loin. Je voyais à son visage jaune comme du lait tourné qu'elle ne reviendrait pas. Elle ne m'a pas accordé un seul regard. Nous n'avions pas partagé cette grossesse, chacun avait été de son côté du mur et nous n'avions même pas choisi un nom.

J'ai décidé de lui donner le prénom de mon père, lui ai-je dit. Elle n'a pas répondu, n'a eu aucune réaction. J'ai rendu le bébé à la sage-femme et je suis parti, blessé par son obstination.

Au bout de deux jours, le bébé s'est mis à dépérir. Il ne buvait pas le lait maternel et il perdait du poids. J'ai rassuré la mère en lui disant que tous les bébés perdaient du poids après la naissance, mais qu'ils le reprenaient ensuite. Cependant les jours passaient et il refusait toujours de se nourrir. Elle passait des heures, lui accroché à son sein, le lait débordait parfois des deux côtés de la petite bouche close qui ne bougeait pas, qui n'aspirait pas, qui ne tétait pas. Le bébé était comme inerte, regardant quelque chose dans l'espace que nous ne voyions pas, il ne pleurait pas, il était là, c'était tout, se laissant faire et ne faisant rien. J'ai recommandé qu'on lui donne le biberon, puisque le lait maternel ne semblait pas lui convenir. Il ne l'a pas pris non plus.

Un jour où elle le tenait dans ses bras, la tétine du biberon forcée dans sa bouche mais les gouttes qui s'en écoulaient repoussées par l'enfant, à bout de forces, elle a fini par consentir à me parler :

On dirait qu'il est déjà mort, a-t-elle dit.

Pourquoi « déjà » ? ai-je demandé.

Elle énonçait une évidence. Elle était résignée.

Il était pâle, immobile. Un petit fruit flétri. Ses yeux ne suivaient rien. Il ne s'intéressait à rien. Ses doigts ne se refermaient sur rien. C'était vrai. Il ne semblait en vie que parce qu'il respirait.

Il ne l'a pas fait très longtemps. À la fin, il s'est davantage rétréci et desséché et ses yeux ont grossi comme pour mieux voir l'absence qu'il s'obstinait à scruter depuis sa naissance. J'ai appelé un autre médecin pour savoir si nous devions l'emmener à l'hôpital afin de le nourrir de force, mais il m'a déconseillé de le faire. Il a dit que l'enfant portait les signes de ceux qui ne survivaient pas. Ce n'était pas la peine de s'acharner. La mère nous a tourné le dos et a fermé les yeux. Le collègue m'a interrogé des yeux. J'ai eu envie de lui dire que la mère ne survivrait pas non plus, mais je ne l'ai pas fait.

Il est parti lentement. Je n'avais pas eu le temps de m'attacher à lui, mais c'était mon enfant.

C'était mon fils. Cette mort pourtant attendue a rempli la maison à ras bord. Elle est partie du corps auprès duquel le pandit récitait ses prières, un flux d'abord étroit et faible, mais qui est devenu de plus en plus puissant. Il était impensable qu'une telle énergie s'échappe de cette chose minuscule. À côté de lui, la mère veillait, droite et distante, fantôme d'une femme qui n'existait plus que dans ma mémoire. Les yeux enfoncés, la bouche résolue à ne plus jamais s'ouvrir, ni pour parler ni pour sourire, les mains ouvertes pour ne rien retenir de la vie, c'était d'elle qu'émanait cette substance toxique. Elle semblait écouter la prière, mais je savais qu'il n'en était rien : elle écoutait sa haine. Et cette haine, c'était vers moi qu'elle se dirigeait. J'étais celui qu'elle voulait détruire; pourtant cette méchanceté qui lui avait tenu lieu de grossesse et qui l'avait fait accoucher en même temps d'un enfant et de la mort n'aboutirait pas au but qu'elle s'était fixé. Elle partirait avant moi.

Je l'ai regardée alors comme je ne l'avais jamais fait avant. J'ai vu quelqu'un d'autre à la place de la femme que j'avais aimée et épousée. La fille au corps d'enfant, au cœur de femme, au rire de fée n'avait jamais existé. J'avais poursuivi un rêve, mais ce qui était entré dans mon existence ce jour-là était l'un de ces esprits maléfiques qui conduisent les hommes à leur perte, un chemin de ronces et d'épines que j'avais dû suivre, ne sachant vers quels remous il m'entraînait avec ses bruits factices de vie. J'ai repensé à tout ce qui me révoltait en elle : la maladresse, la négligence, le désordre; cette manière qu'elle avait de gâcher les repas, l'indifférence à la propreté de la maison; et puis cet abandon du corps lors de nos rapports sexuels, tout cela me révélait avec une clarté impossible à nier sa vraie nature : j'avais épousé une sorcière, une *daïne*. Il n'y avait plus aucun doute à cela.

Elle a croisé mes yeux et elle a lu sur mon visage le cours de mes pensées. Elle a eu un sourire moqueur, comme si elle me disait, tu en as mis du temps à comprendre ! J'ai eu peur pour moi et pour Kitty. J'ai pris Kitty par la main et je lui ai dit, reste auprès de moi. Elle avait toujours peur de moi, mais elle est restée. De très loin, derrière l'abri des fumées d'encens, des prières des prêtres et du corps dévasté de l'enfant qui n'avait pas voulu de son lait, elle a continué à veiller, immobile, en ne cessant de me regarder.

Je suis sorti avec Kitty et j'ai marché au hasard dans la nuit, comme j'allais le faire si souvent après la mort de sa mère. Mais, plus je marchais, plus je m'enfonçais dans la nuit de la sorcière. Elle était partout; dans les briques, dans le chaume, dans les pavés, dans les pierres, dans les arbres, son souffle pulsait au milieu des feuilles avec une stridence que je n'avais jamais entendue, son rire habitait les cris inquiets des oiseaux, et ses ongles marquaient le ciel de leurs striures. Surtout, surtout, elle était en moi. Elle était logée partout en moi, dans ma soif, dans ma faim, dans mon ventre grossissant, dans mes jambes fatiguées, partout, partout. Tant de fois je l'avais pénétrée, mais c'était elle qui m'avait violé par tous les trous, qui avait percé ma peau comme une pluie d'aiguilles, qui avait contaminé mon sang, colonisé mes intestins, infecté mes pensées. C'était elle.

J'ai tenté de la fuir ce soir-là, de me débarrasser de son emprise, de ne plus savoir qui elle était, ni qu'elle était là, derrière moi, attendant le premier faux pas. Je voulais partir avec Kitty et ne plus jamais les revoir, elle et le cadavre de l'enfant qui avait refusé de vivre avec une telle mère. Je pleurais en marchant et je gémissais de peur parce que je me disais que je ne survivrais pas à cette découverte. Je ne voulais pas laisser Kitty seule. Que ferait-elle de Kitty, qu'arrive-rait-il à ma fille? Je l'ai prise dans mes bras et j'ai voulu courir, mais mes jambes ne me portaient plus et je suis tombé, je me suis écrasé sur la chaussée, pitoyable et maudit, sanglotant de honte et de peur.

Quand je suis enfin rentré, les prières étaient finies, les hommes étaient prêts à emmener le corps pour être brûlé. Je les ai suivis. Je titubais en avant. Ils pensaient que c'était de chagrin. Je portais encore Kitty alors qu'elle n'aurait pas dû venir, mais ils ne m'ont rien dit. Le monde avait basculé. Je ne savais comment faire face à cette femme. J'ai attendu toute la nuit dehors, même si le cadavre n'a pas mis longtemps à brûler, recou-vert par le bois de manguier et les chants du prêtre et les maléfices du ciel. Je ne croyais plus. Le diable n'était pas loin. Les flammes ont teint de rouge les yeux fascinés de Kitty. Elle a regardé brûler son petit frère sans rien dire.

Le lendemain, j'ai demandé à la sœur de ma femme de garder Kitty. Elle a eu l'air surprise de cette requête et a jeté un coup d'œil vers la chambre de sa sœur. La porte était fermée. Nous ne l'avions pas vue de toute la matinée. Elle a hoché la tête et a pris Kitty dans ses bras. Kitty s'est mise à pleurer.

Je veux Maman, a-t-elle dit, tendant les mains vers la porte et le cœur fermés de sa mère.

J'ai pensé que cet abandon la suivrait toute sa vie.

Je ne sais ce qui m'a poussé à la reprendre dans mes bras et à lui murmurer à l'oreille : ce n'est pas ta mère, c'est une vilaine sorcière qui a pris sa place.

Je l'ai aussitôt regretté mais je me suis rassuré en me disant qu'elle ne comprendrait pas : elle n'avait que deux ans. Elle s'est tue, est devenue toute grave et m'a regardé droit dans les yeux, comme tentant de deviner si je disais la vérité ou pas. Quand sa tante l'a reprise, elle est restée raide et droite, mais elle fixait la porte fermée avec une intensité telle que j'ai frémi. Je suis parti très vite, en me répétant qu'elle n'avait rien compris.

Elle avait tout compris.

À partir de là, le sort de la sorcière s'est installé dans notre maison et dans nos vies. Je rentrais le soir et la maison était éteinte. Il n'y avait pas un seul bruit. Rien n'avait bougé depuis le matin. La sœur avait décidé de garder Kitty chez elle pendant quelque temps. L'autre n'a pas protesté, n'a rien dit, ne l'a pas cherchée. Elle n'était qu'indifférence. Elle ne changeait plus ses vêtements, ne se lavait plus, restait assise dans un mutisme total, absente de tout et d'elle-même. Je ne pouvais plus m'approcher d'elle tant elle dégageait des effluves malsains, une sorte d'obscénité fermentée.

Elle n'a pas réagi non plus quand Kitty est finalement rentrée à la maison. Kitty a couru la voir, mais s'est arrêtée sur le seuil de la porte. Elle a observé sa mère, puis a levé les yeux vers moi comme pour obtenir la confirmation de quelque chose. J'ai hoché la tête. Kitty a levé les bras pour que je la soulève. C'était la première fois qu'elle faisait cela ; elle me tendait les bras et s'offrait ainsi à mon amour.

Je l'ai prise dans mes bras et je l'ai serrée contre moi. Mon affection pour Kitty est née à cet instant-là. Tout ce qui était venu avant n'était qu'un sentiment vague et sans substance. La mère ne m'était plus rien. Je devais vivre pour Kitty, qui serait tout pour moi comme jadis sa mère l'avait été jusqu'à ce qu'elle devienne quelqu'un d'autre.

Ce soir-là, la mère est sortie de sa chambre comme un squelette qui venait de se souvenir qu'il avait jadis était vivant. Elle semblait s'être rendu compte que Kitty était là et qu'il lui fallait faire semblant d'être mère. Elle est allée dans la cuisine pour préparer le repas. Je l'ai regardée, s'affairant dans la cuisine, et j'ai eu la nausée en la voyant manipuler mes casseroles, mes assiettes et mes couverts de ses mains et de ses ongles sales.

Je me suis assis sous le manguier, l'écoutant aller et venir dans la cuisine comme une femme normale. Tout était pourtant faux. Ce qui se passait dans la cuisine était une affreuse mascarade. Je tenais Kitty sur mes genoux, et j'ai serré contre moi son petit corps souple. Ma fille, il n'y a plus que toi et moi, lui ai-je murmuré. Elle a ôté ses deux doigts de sa bouche avec un petit bruit de succion et a dit : c'est vrai qu'elle est une sorcière ?

J'ai su alors qu'elle avait très bien compris ce que je lui avais dit.

J'ai peur de la sorcière, a dit Kitty.

N'aie pas peur, ma fille, Papa est là.

La sorcière ne te prendra pas ?

Non.

Tu ne te changeras pas en sorcier ?

Non, je te le promets.

Elle a remis les doigts dans sa bouche et s'est tue.

Je te garderai près de moi et je te protégerai. Ne change pas, ne deviens pas une autre, ne me trahis pas, je t'en supplie. Je ne le supporterais pas.

L'autre est sortie de la cuisine et a été dans sa

chambre. Au bout de dix minutes elle est ressortie, enveloppée du beau sari vert qu'elle avait porté ce jour où nous étions allés nous promener dans les salines quand elle était enceinte de notre fils. Mais ses cheveux pendaient, huileux et sales, ses mains étaient toujours aussi crasseuses et elle dégageait la même odeur repoussante. Elle a tendu les bras à Kitty.

Viens, Rani, nous allons manger.

Kitty a secoué la tête et s'est serrée contre moi, en se cachant le visage contre mon torse. Le visage de l'autre est devenu orageux. Je n'ai pas eu envie de provoquer sa colère. J'ai posé Kitty à terre et je me suis levé, j'ai pris Kitty par la main et j'ai dit nous allons tous manger ensemble. Nous nous sommes mis à table et la sorcière est allée chercher la marmite de riz. Elle l'a posée devant moi, l'a ouverte et me l'a présentée avec une sorte de rire rentré, indécent, comme un gloussement qui sortait de son ventre nu.

Il y avait à l'intérieur une masse glutineuse, immonde. Je ne sais comment elle avait préparé ce riz, mais il était grisâtre, il n'avait pas été trié, des morceaux de cosse et ce qui ressemblait à des corps de chenilles nageaient au-dessus, elle y avait mélangé de l'huile rancie qui l'avait transformé en une émulsion graisseuse. C'était de la nourriture de porcs.

Contemplant ce riz qui me ramenait à toutes les années où elle s'était moquée de moi, et me souvenant de ce rire d'enfant dont j'étais tombé amoureux en l'entendant sous les feux d'artifice, j'ai eu la sensation que toute ma vie n'avait abouti qu'à cela. Toute cette lutte, tous ces espoirs, toutes ces fatigues, et j'étais là, assis devant cette chose infecte. Tout cela m'avait conduit ici ; à cette vie grotesque et irrespirable. Je me suis levé, j'ai pris la marmite et, sans trop savoir ce que je faisais, je l'ai renversée sur elle.

Elle est restée debout. Le riz dégoulinait de sa tête à ses pieds. Gris, gluant, glauque. Elle dessous. La fumée qui s'en dégageait m'a fait prendre conscience qu'il était chaud. Je l'avais peut-être brûlée. Je n'en avais rien à foutre. Elle n'avait qu'à ne pas me provoquer de la sorte. J'ai vu ses yeux au milieu du fouillis suintant : ils ne me quittaient pas. Ils étaient immenses, écarquillés. La laideur de cette image ne me quittera jamais. L'odeur du riz mêlée à la sienne m'a soulevé le cœur. Elle a levé une main vers moi. Je savais qu'elle allait me maudire, c'était sa nature de *daïne*. Kitty était encore auprès de moi, je l'ai violemment écartée en disant, sauve-toi Kitty, va dans le jardin, je ne voulais pas qu'elle reçoive la malédiction. Mais elle est restée debout à côté de moi, examinant sa mère presque avec curiosité, comme si elle ne ressentait rien.

L'autre a regardé Kitty, s'étonnant qu'elle ne dise rien, qu'elle ne fasse rien pour la défendre. Elle a attendu un geste de sa fille, et non de moi. Elle a attendu. Puis elle a vu que Kitty ne bougerait pas et ne dirait rien. Elle s'est retournée et a marché d'un pas de robot vers sa chambre, et elle est allée se coucher avec le riz qui se figeait déjà sur son corps. De là où nous étions, nous pouvions la voir, tournée sur le côté, les yeux ouverts, des paquets de riz fumant tombant encore à terre avec un petit bruit mou.

Un corps fumant, dégoulinant, immobile, et des yeux qui percent la mélasse.

Un sari vert maculé de taches brunâtres de vieux lait. Mousseline de soie coûteuse qui avait habillé un corps jadis illuminé, aujourd'hui éviscéré de toute beauté. Ce vert particulier, vert d'eau matinale, vert des oiseaux qui s'éveillent et qui viennent boire, désormais irrécupérable. Vert-de-gris vert de tombe vert de terre damnée. Traînant au sol comme un chemin de soufre.

Main lasse, amaigrie de squelette, n'attendant rien, ou plutôt l'infini.

Image, bien sûr, de la défaite culminée.

Kitty regarde. Je pense qu'elle s'en souviendra toute sa vie, même si petite. Mais elle ne dit rien. Peut-être pense-t-elle que c'est bien fait pour la sorcière. Dans sa petite tête, il n'y a déjà plus de mère. Tout cela s'est bien ficelé, jalousie envers le petit frère né et objet de tous les soins, soulagement que ce soit fini, disparu, brûlé, le petit frère, et puis sa mère tout à elle, mais voilà, sa mère n'était toujours pas à elle, il n'y avait là qu'une effigie de sa mère, mais plus de tendresse, plus de Rani, plus de princesse, plus de contes ni de chansons. Mère disparue. Et quoi, à la place? Quelque chose qui lui ressemblait, mais qui avait le regard dangereux des usurpateurs. Mon explication était logique, une évidence. Dans sa petite tête, la sorcière a avalé la mère. Elle oublie peu à peu le visage de la mère. Ce qu'elle voit, c'est cette masse glutineuse allongée dans le lit, plaques rouges des brûlures sur le visage, sur les bras, son père pour une fois n'est pas celui qui châtie mais celui qui protège en détruisant la sorcière. Je deviens le héros, une fois de plus.

La masse, pourtant, respire encore. Plus de forme, empaquetage aux étranges boursouflures, genou, ventre, coude, je ne sais pas dans quel sens elle se trouve, elle aurait pu avoir le dos tourné mais non, les yeux sont là, fixes, noirs, ouverts, yeux d'infinie sottise, qui disent qu'une femme habite encore ici.

Femme? Non. Plus femme. Chose de chair et de muscles et d'autres matières encore, assemblage de cellules, de veines, de tendons, d'organes. Rien de plus. Poulet sur une table de cuisine que l'on s'apprête à achever et à découper. Cela n'a pas d'âme, pas de conscience, pas d'émotions, ce sera quelque chose qui sera nettoyé de ses viscères, de ses abats, dont on consommera les parties charnues et goûteuses, dont on jettera les restes. Je ne ressens rien, à la voir. Elle a abandonné toute humanité, tout droit à la considération et à la dignité. Je ne suis pas cruel, la décrivant ainsi. J'ai consommé les parties charnues et goûteuses mais c'est elle qui s'est consumée toute seule, masse de cire qui se fige, qu'on gratte de l'ongle et dont on disperse ensuite les poussières de suif.

Il ne manque plus qu'une mèche à la bougie pour annuler définitivement le maléfice vivant.

Je ne la quitte pas des yeux. Ma main est étonnamment ferme, tandis que je sors mes cigarettes de ma poche. J'en allume une et aspire profondément. Je pose la boîte sur une table, les allumettes à côté. L'odeur de soufre emplit la pièce.

Il y a des dettes qu'une seule vie ne suffit pas à effacer.

Désormais, Kitty était chargée d'une telle dette. Ma Kitty, ma fille aux yeux de crépuscule, avait les mains brûlantes et ensanglantées. À peine avais-je commencé à l'aimer que j'ai été obligé de la punir. J'ai voulu la protéger de la sorcière. Mais, plus elle grandissait, plus elle devenait comme l'autre. Il y avait des moments où, les yeux rougis par ma douleur, je ne pouvais plus faire la différence entre elles. J'ai été obligé de recommencer à haïr alors que je ne voulais plus vivre que par amour pour ma fille. Les nuits où elle pleurait après être sortie d'entre mes mains sont restées gravées dans ma chair. Mais elle ne l'a jamais compris ni su le mériter. Elle est devenue cette femme idiote, sans cervelle et sans souvenir.

Ouvre cette porte, Kitty. Laisse-moi te dire. Lourd est mon secret. Mais je me dis désormais qu'il faut que tu saches. Pas de paix possible sans la vérité.

Mais Kitty ne vient pas. C'est Malika qui m'apporte mon repas. Je n'ai aucune idée de ce que c'est. J'avale parce que j'ai faim. Mais mes boyaux se tordent de colère, grondent d'un séisme rageur, elles n'ont pas le droit de me traiter ainsi.

Quand j'ai fini de manger, Malika me dit :

Tu as parlé dans ton sommeil, grand-père.

Ah bon ? Tant mieux pour vous, au moins ça fait un peu de conversation intelligente dans cette maison.

Tu es en forme, c'est bien.

Oui, et ce n'est pas grâce à la nourriture que vous me donnez.

Tu veux qu'on te gâte, grand-père, qu'on soit aux petits soins pour toi ? Tu veux des plats mijotés aux petits oignons ? Et pourquoi ?

Pourquoi ? J'ai droit à un peu d'égards, me semble-t-il, non ?

Des égards ? Je viens de te dire que tu as parlé dans ton sommeil. Je t'ai écouté avec beaucoup d'attention. Peut-être ne dormais-tu pas. Tu as parlé d'une marmite de riz renversée.

Je ne savais pas que j'avais parlé à voix haute. Dangereux, dangereux, dangereux.

Heureusement que Maman dort, reprend-elle. Je suis seule à t'avoir entendu. C'est quoi cette histoire de riz renversé, grand-père ?

Tu dis que tu as tout entendu.

Tu as vraiment renversé une marmite de riz

brûlant sur la tête de ma grand-mère juste avant sa mort? Juste après qu'elle a perdu son bébé?

Ce n'était pas brûlant, juste chaud.

Mais tu l'as fait? Ce n'était pas un rêve?

Je ne sais pas! Je n'ai plus toute ma tête, Malika, je ne sais plus ce qui est vrai et ce qui est faux! Ce n'est peut-être jamais arrivé, je dormais, j'ai rêvé, je ne me souviens plus de rien.

Tu ne l'as pas nié tout de suite.

Crois ce que tu veux, je n'ai plus rien à dire. Je suis fatigué, je suis malade et vous n'avez qu'une envie, c'est de me torturer à mort.

Elle sourit. Je n'aime pas ce sourire.

Te torturer à mort? Non, ce n'est pas vraiment mon intention. Mais tu mérites une leçon. Une telle méchanceté ne doit pas rester impunie. Maman m'a raconté il y a longtemps comment tu l'as obligée à dormir dans des vêtements détrempés de lait sucré. Tu t'en souviens? Et comment au matin elle s'est réveillée, couverte de fourmis. Elle a été terrifiée, mais toi tu as ri en l'entendant hurler. Ça te dit quelque chose?

Non. J'avais autre chose à faire.

Bien sûr. Tu sais que c'est la saison des fourmis, en ce moment? Dans la cuisine, si on n'essuie pas soigneusement toutes les surfaces, s'il y a la moindre miette sucrée, au matin tout est couvert de fourmis. Peut-être qu'elles viendraient ici si elles te trouvaient assez sucré, non?

Où veut-elle en venir, la conne? Je n'aime pas ce sourire.

Elle se penche et soulève une bouteille posée par terre. Elle a dû l'apporter en entrant.

Tu sais ce qu'il y a dedans ?

Je hausse les épaules, simulant l'indifférence.

Il y a du sirop de canne. Du sirop noir, bien épais, bien gluant, le meilleur du meilleur de la canne à sucre pressée. On sent son parfum de très loin, tu sais. J'aime le sirop de canne dilué dans l'eau, pas toi ? Quand il fait très chaud, avec des glaçons, c'est un délice... Mais tel quel, c'est horrible. Les villageoises le laissent sécher au soleil pour en faire des gâteaux de sucre que les enfants adorent, mais les adultes trouvent ça écœurant. Si je te transformais en « béli » de sirop de canne ? Ce serait amusant, non ? Je pense que les fourmis accourront très vite et te trouveront très à leur goût. Elles seraient bien les seules.

Je ne vais pas en mourir, dis-je crânement, même si ma peau se hérisse à l'idée.

Non, c'est vrai, et d'ailleurs je n'ai pas l'intention de te tuer, je te l'ai dit. Mais pour toi qui es si soigneux, qui aimes la propreté par-dessus tout, je suis sûre que l'idée d'être enduit de sirop est très déplaisante. C'est comme la punition du Far West, tu sais, le goudron et les plumes ? Pour toi, ce sera le sirop et les fourmis ! C'est pas une idée canon, ça ?

Elle se met à chantonner en s'approchant de moi avec la bouteille : du sirop et des fourmis, du sirop et des fourmis, laï laï laï laï, grand-père est puni, laï laï laï laï, elle est folle, au secours, j'essaie d'appeler Kitty mais elle a prévu cela, elle me bâillonne avec un foulard, pas trop serré mais juste assez pour étouffer mes cris, puis elle m'enlève mon pyjama propre, et là, sur le lit, tandis que je gesticule, que j'agite les bras et les jambes sans pouvoir sortir du lit, elle déverse le sirop de canne sur mon corps, c'est tiède et visqueux, elle prend soin de bien m'en recouvrir, l'odeur est étourdissante, d'abord agréable puis de plus en plus écœurante, comme elle l'a dit, je sens tout ce sucre qui se colle à ma peau, cela sèche très vite, se fige en un carcan de sucre pur, je me dis que ce n'est rien, rien qui ne puisse partir après une bonne douche, mais c'est viscéral, je suis un homme propre et ce sirop dans mes cheveux, sur mon torse, sur mes jambes, dans mes aisselles, cela me dégoûte, j'ai une envie terrible d'une douche, d'un bain au parfum de lavande, mais c'est ce liquide épais qui dégouline dans mes encoignures, sur mon front, même dans ma bouche à travers le bâillon, j'ai l'impression que je vais étouffer, je tente de tousser de désarroi mais le bâillon m'en empêche.

C'est moins désagréable que du riz brûlant sur la tête, grand-père, dit-elle. Ne l'oublie pas. Ce n'est pas si terrible. Je suis plus généreuse envers toi que tu ne l'as jamais été envers nous.

Elle s'assied par terre, dans un coin de la chambre.

Elles arriveront bientôt, ou peut-être dans une heure, dit-elle, je n'en sais rien, je n'ai jamais étudié le comportement des fourmis, peut-être aurais-je dû mais je n'en ai pas eu le temps, trop

203

occupée à autre chose, à écouter ma mère, à savoir ce qu'il s'était vraiment passé dans son enfance. Elle m'a raconté des bribes, tu vois, trois fois rien, l'épisode des fourmis, et puis que tu la réveillais la nuit pour l'emmener voir tes patients et le lendemain elle était trop fatiguée pour aller à l'école et tu l'as encouragée à rester à la maison, à s'occuper du ménage, petit à petit elle est devenue la maîtresse de maison mais elle n'en était pas vraiment la maîtresse, n'est-ce pas, de la maison. Elle était terrifiée, tu lui disais ce qu'il fallait faire et au retour il fallait que tout soit parfait, elle vivait la peur au ventre et au moindre oubli c'était les coups, comme avec sa mère, c'est ce que tu en as fait, une épouse de substitution, mais

Elle s'arrête.

Mais quoi ? n'osé-je demander, car je sais où va son esprit, à présent.

Je sens son regard, pesant. Elle se demande comment formuler sa question, ou même si elle va la poser. Je peux deviner ses scrupules. Je m'en moque. Elle ne sait rien. Va-t-elle poser la question ? Rien n'est moins sûr. Allez, un peu de courage, ma pauvre fille. C'est moi qui ai subi le châtiment du goudron et des plumes, c'est moi dont la peau démange de partout et c'est toi le tortionnaire, souviens-toi. Va jusqu'au bout, si tu en as la force.

Elle reprend :

Tu as presque réussi à me convaincre que ma mère souffre de schizophrénie héréditaire ou je ne sais trop quoi. J'ai failli tomber dans le panneau, tu sais ? Je m'en veux, mais je me suis rattrapée à temps. Mais quelle est la véritable explication ? Mon père était quelqu'un de bon, de doux. Elle-même est intelligente, belle. Alors, pourquoi était-elle ainsi ? Qu'est-ce qui l'a rendue névrosée ? J'ai su depuis toujours qu'elle avait eu une enfance malheureuse, mais à quel point ? Et pourquoi ? Je dois le savoir maintenant, sinon je ne pourrai jamais l'aider. Une fois que tu seras mort, tu vois, elle ne se remettra jamais de toi. Je ne veux pas de ça pour elle. Plus de mère, plus de père, une fille insatisfaisante parce que pas assez fille et qui ne perpétue pas vos gènes de beauté. Oui, ton regard qui s'évade et s'évanouit me dit que tu me trouves encore plus laide qu'avant, mais toi ça ne compte pas, tu trouves tout le monde laid et con et insatisfaisant, à part toi, bien sûr, seigneur Dieu, tu es le seul qui atteignes tes sommets d'exigence, mais tu t'es bien regardé dans la glace, ces derniers temps ? Tu es sûr d'être si beau que ça ? Tu es sûr d'être aussi intelligent que ça ? Je crois qu'il est temps de dessiller tes yeux, gramps, comme on dirait en anglais, gramps, c'est mieux que grand-père, non, plus affectueux, mais je ne ressens envers toi aucune espèce d'affection parce que je sais.

Tu sais quoi ? dis-je d'un grognement derrière mon bâillon lâche, inquiet de ce qu'elle a fini par déduire. L'évidence, bon Dieu de merde.

Je sais que tu es un monstre.

Je ricane, malgré l'inconfort de ma situation.

Ça c'est original! Ça c'est bien trouvé! Tout un discours pour déduire que je suis un monstre. Dans ce cas, je ne vous dois aucune espèce d'égards non plus, puisque je suis un monstre. Pas de règles, puisque monstre. Pas d'amour, puisque monstre. Pas de dettes, puisque monstre. Qu'as-tu à répondre à cela?

Elle n'a rien à répondre, puisqu'elle n'a rien compris. Elle regarde le sol où elle est assise. Puis sourit :

Ah bien, voilà, elles arrivent.

Je tends le cou, lève la tête et ne vois pas ce qu'elle voit : les fourmis.

Elles arrivent, dit-elle. Fidèles au rendez-vous. Merveilleuses fourmis! Aucune hésitation, aucune négligence. Elles viennent. Pas d'illusions, rien que des certitudes. Tu crois qu'elles souffriront jamais de psychoses, les fourmis? Tu les imagines, schizophréniques? Pas du tout! Elles répondent toujours à l'appel de l'instinct. Ce sont des insectes, rien de plus. Programmés pour agir selon leur nature, et non selon leur raison ou leur conscience ou leur moralité ou l'absence de tout cela, selon une mystérieuse loi contraire à tout, qui les conduirait à des excès dont ils ne pourraient se disculper. Remercie-les, gramps, de s'occuper de toi et de venir, parcelle, par parcelle, grignoter ce sucre qui te terrifie tant!

Ce n'est pas tant le sucre qui me terrifie, c'est l'idée de ces milliers de petites pattes sur moi, c'est l'idée qu'elles pourraient me pénétrer par

les orifices, c'est l'idée absurde qu'elles
raient pondre dans mon corps des œufs qu
ront et me coloniseront de fourmis, c'est l'idée
que je vais me mettre à enfanter des fourmis à
mon tour. Je dois sortir de ce lit et me traîner
jusqu'à la salle de bains, j'y arriverai, je ne suis
pas une mauviette, mais qu'elle parte d'abord, je
ne vais pas ramper devant elle, je ne lui donnerai
pas cette joie.

Elles ont encore un petit bout de chemin à
faire, dit-elle. Tu as le temps de parler. Si je veux,
je peux les empêcher de t'atteindre. Tu vois, la
plus grande douleur de ma mère, c'est qu'elle n'a
pas connu sa mère et que tout le monde a gardé le
silence à son propos. Elle a eu beau interroger ses
tantes, ses oncles, toi, tous ceux qui l'ont connue,
elle n'a eu aucune réponse. Des faux-fuyants.
Des mensonges. Des truismes. *Une belle femme,
qui aimait rire, qui est morte si jeune, en couches*. Rien d'autre. Cela te suffirait, à toi, comme
souvenir d'une mère ? Il devait bien y avoir autre
chose à dire, mais non. Rien. Ce n'est pas la mort
qui l'a annihilée. C'est vous tous, qui n'avez
perpétué aucun souvenir d'elle, qui ne l'avez
pas recréée pour Kitty, qui n'avez pas assez
aimé Kitty pour comprendre qu'elle avait
besoin d'images, de rêves reconstruits, d'instants
revécus, de couleurs, de parfums, pas juste
quelques mots, à peine une dizaine, qui ne signifiaient rien. Elle l'a cherchée dans sa mémoire
et n'a rien trouvé. Elle l'a cherchée dans vos
mémoires et n'a rien trouvé. Pourquoi ? Qu'y

avait-il à cacher? Est-ce la marmite de riz qui l'a tuée?

Je secoue la tête, les yeux exorbités. Comment vais-je pouvoir répondre si je suis bâillonné?

Une belle femme, qui aimait rire, qui est morte si jeune, en couches, reprend-elle. Ça te suffirait, à toi? Une belle femme, qui aimait rire. Ça ne veut rien dire. Morte en couches. Même pas vrai, elle n'est pas morte à la naissance de l'enfant, tu l'as dit toi-même. Doublement tuée, cette femme, d'abord par la mort, puis par l'oubli. Et un oubli délibéré, prémédité, des clous multiples bien enfoncés dans son corps pour qu'elle ne ressorte pas, ne réapparaisse pas quand on ne l'a pas sonnée ou même quand on la sonne, pour que des souvenirs doux ne puissent pas venir murmurer à Kitty qu'elle a été aimée même si sa mère est morte trop tôt, et que ces quelques années d'amour valaient bien toute une vie. Alors, pourquoi avoir oblitéré si délibérément, si définitivement cette femme?

Elle vient vers moi et m'enlève le bâillon.

Pourquoi avoir oblitéré cette femme? demande-t-elle.

Elles posent les questions qui tuent et puis sont mécontentes quand on n'y répond pas. D'ailleurs, le plus drôle c'est qu'elles connaissent les réponses, toutes les deux. Elles veulent entendre les réponses de ma bouche, comme ça je serai à jamais le coupable à leurs yeux, à leurs oreilles, dans leur tête de bique, mais il suffirait qu'elles écoutent ce que savent leur instinct et leur corps.

Je n'ai rien besoin de leur dire. Je réussis à sourire faiblement.

Malika, as-tu vraiment besoin d'entendre la vérité ?

Elle m'écoute, interloquée.

Auras-tu la force de faire face à ce que tu sais déjà ?

Eh oui, ça fait moins la fanfaronne, tout à coup. Je profite de la brèche pour enfoncer la porte, mon esprit décuplé de clarté par la fureur de me trouver dans cette situation humiliante, mes mots accouchés du flot voluptueux d'une intelligence qu'elle n'aura jamais :

Nous cherchons tous à savoir, à percer les secrets, à décoder le passé, à mettre à plat tous ces plis qui nous cachent le visage de ce que nous sommes. Adultes, nous pensons que tout est contenu dans le poing fermé du passé et qu'il suffit d'ouvrir ce poing pour nous résoudre, et que cette résolution nous offrira enfin la possibilité du bonheur. Quelque chose, dans ces jours enfouis, dans cette mémoire fuie, nous contient, nous résume. Quelque chose, dans ces nuits effacées, dans ces vies annulées, peut nous rendre à nous-mêmes. Nous ne sommes jamais responsables du présent, n'est-ce pas, toutes nos névroses sont le fait d'événements survenus bien avant, sur lesquels nous n'avions aucune prise, et ainsi, nous sommes sans faute, le nous qui est ici, maintenant, est déchargé de toute responsabilité de nos failles, ce que nous sommes n'est que le résultat d'un enchaînement dont nous devons défaire un à un les maillons pour parvenir au point de source et d'origine qui nous ramènera à notre état d'innocence et de pureté, l'impossible exonération qui nous permettra de faire face à notre visage dans le miroir, si chargé de doutes et de hontes et de culpabilité. C'est nouveau, tu sais, cette manière qu'ont les gens de penser que toutes les réponses se trouvent dans le révolu ? Alors que chaque minute, chaque heure, porte sa charge de réussite et d'échec, de chagrin et de joie, de don et de péché, chaque minute, chaque heure, rachète la précédente et la condamne, clôt les précédentes et ouvre la voie aux prochaines, et malgré tout ce ne sont que des instants disparates, il n'y a pas de construction possible du futur puisqu'à tout moment l'échec reste dans le domaine des possibles, le prochain pas peut être balayé par une voiture ou une tornade, et en quoi la mort d'une personne peut-elle être préméditée sauf par des forces supérieures aux nôtres, en quoi la rage de l'un est-elle le fruit de l'arbre d'un autre, crois-tu que ce qu'est Kitty aujourd'hui est contenu dans mon cerveau, celui que tu as touillé avec tant d'emphase et de délectation tout à l'heure, ta mère est-elle moins adulte que toi ou que moi, ne pouvait-elle pas combattre ses propres démons ? Cela ne vous servira à rien de chercher à m'inculper de toutes vos peurs, ma pauvre fille, car quand je serai mort, vous n'aurez plus personne à incriminer et cela vous effrayera encore plus. Ce qui vous délivrera de la peur, ce sont vos propres réponses. Elles sont là, à l'intérieur de vous, pas besoin de chercher plus loin. De quoi as-tu peur, Malika?

Malgré l'état dans lequel je me trouve, je perçois son tremblement, sa frayeur soudaine. Oh, pauvre fille, de quoi a-t-elle peur? Mais de tout, de tout! Elle veut me faire avouer sous sa torture minable, la seule que son cerveau soit parvenu à concocter, même pas originale, puisque copiée d'un souvenir sans doute déformé de Kitty, et donc, son histoire ridicule de fourmis pour me faire dire des choses qui leur feront mal à toutes les deux, elle vient seulement de s'en rendre compte, elle vient de constater que la torture risque de se retourner contre elle, et qu'elle n'a peut-être pas tellement intérêt à ce que je parle.

De quoi as-tu peur, Malika, ma fille, ma petite-fille?

La voilà qui claque violemment des dents, qui se ronge les ongles, qui gigote sur son derrière mou. La mort de sa grand-mère, elle en était jusqu'ici persuadée, ne désignait qu'un seul coupable. La névrose de Kitty aussi. Et la sienne, héritée des deux autres. D'où l'idée de la torture pour me faire avouer que oui, j'avais tué ou conduit à la mort sa grand-mère, oui, j'étais responsable d'avoir fait de Kitty une loque, oui, j'avais détruit les deux pauvres loques qui constituaient cette parodie de famille, et donc, oui, une fois mort, elles seraient libres et saines, elles pourraient vivre, s'entendre, partir en croisière, que sais-je, faire les choses que mes actes les ont empêché de faire, fin heureuse de l'histoire, ven-

consommée, vieux achevé comme il se tice est faite.

st ainsi que cela doit se passer, pourquoi trembles-tu tant, Malika, ma fille ?

Et pourquoi Kitty n'est-elle pas là, elle aussi ? N'a-t-elle pas le droit de savoir comment est morte sa mère, puisque c'est cela que vous voulez savoir ? Crois-tu qu'elle ait envie de tout déterrer, Malika, vraiment tout ? Appelle Kitty, demande-lui si je dois prononcer à voix haute ce que tu sais déjà.

Appelle Kitty, Malika, pour entendre ma confession. Oh, mes prêtresses, mes douces nonnes qui veillez sur mon lit de mort, penchez-vous encore pour entendre l'haleine aigre de mes aveux. Mais ne soyez pas surprises si cette aigreur vous envahit aussi, si elle semble provenir en même temps de vous...

Une famille ne garde secrètes que les choses qu'elle ne veut pas savoir, Malika, il en est ainsi pour tous, ce que je pensais avoir tenu secret tout ce temps est si facile à deviner qu'il n'y a aucun suspense, ce n'est pas un polar que nous écrivons ensemble, ma fille, c'est la lente lente ruine, c'est comment les cercueils ne sont pas là où on se l'imagine, c'est la mise à nu des évidences que nous refusons de voir, mais quand on s'approche du tombeau, comprends bien cela, ma fille, il ne reste plus qu'une seule peur, face à elle le reste n'a aucune importance, et je n'aurai aucune diffi-culté à détruire le peu d'humanité qu'il reste en toi et en Kitty même si j'aurais préféré mourir sans être obligé de le faire, mais que veux-tu, c'est toi qui tiens à fourrer votre nez commun dans cette merde, c'est toi qui insistes pour bien mettre les points sur les i que sont les sexes dressés des hommes de toutes les familles, c'est toi qui veux entendre prononcer les mots qu'il ne faut pas dire, alors pourquoi m'empêcherais-je de le faire, puisque vous le demandez, puisque c'est vous qui en souffrirez et pas moi ?

Malika, pâle comme un pénitent enfermé, est sortie à toute vitesse et revient avec un balai. Elle balaie frénétiquement les fourmis qui ont commencé à s'approcher. C'est une hécatombe, pauvres fourmis. Et pourtant, elles ne lui ont rien fait. Elle n'a que trop bien compris où je voulais en venir. Une fois la vanne de la confession ouverte, rien ne l'arrêtera. Comme le sirop et les fourmis, elle envahira tout, les moindres pliures, les moindres recoins, les moindres cavités, et nous serons tous les trois réunis par une même noirceur gluante et grouillante, une chape identique de cruauté. Ce châtiment qu'elle m'administre, elle le comprend à l'instant, sera aussi le leur, les vivantes, et quand je serai mort, elles y seront emmurées pour la vie. Ses gestes frénétiques à l'encontre des fourmis sont sa tentative de se protéger. Tu vois, chérie, j'avais raison : il n'y a rien de mieux que le silence.

Elle apporte une bassine et un chiffon et se met à m'essuyer le corps. C'est drôle, ces deux laveuses qui se complaisent dans leur agenouillement. C'est intrigant de ne voir aucune velléité de révolte véritable en elles. Les ai-je si bien matées ? Sa main est si anxieuse qu'elle a du mal à me nettoyer. L'eau est froide, mais bienfaisante. J'aurais dû rire de cette bécasse affolée, qui n'arrive même pas à jouer les dures jusqu'au bout. T'es pas de taille, gamine, ai-je envie de lui dire. Mais après tout, cela ne servira à rien. Elles n'apprennent jamais rien. Je ferme les yeux, fatigué.

Bassesses infinies, grotesque comédie.

Et Kitty dans tout ça, où est-elle? Que fait-elle? C'est elle que je veux voir, elle manque à mes os cassables, sa main me manque, ses yeux de momie me manquent. J'ai besoin de Kitty comme de l'animal familier auquel on aime bien faire peur et que l'on console ensuite en lui tendant la main à lécher. Sentir ses petites dents pointues mordiller cette main, sentir derrière ce mordillement joueur l'envie de faire mal, la rage, la douleur de l'impuissance, et cette extraordinaire retenue, cette volonté de continuer à se faire aimer de sorte que même la haine passagère qui emplit cet esprit primaire soit tenue en laisse (c'est le cas de le dire). L'animal sait qu'il n'est pas dans son intérêt, dans l'intérêt de cet amour-passion-adoration, de donner libre cours à sa colère. On sait alors qu'on a dompté la bête : son intelligence et son calcul se sont révélés plus forts que l'instinct.

Quelle merveilleuse sensation que de plier une créature à sa volonté! Le pouvoir est un flux brû-

onde les veines et accélère le cœur. Le
— le vrai, pas simplement le pouvoir
[q]ui est malgré tout soumis à d'autres
à d'autres volontés — n'appartient
qu'à quelques-uns. Le vrai pouvoir exige de
celui qui le construit et le détient et le retient une
force de caractère surhumaine, puisque sans cesse
la conscience tente d'en ébranler les fondations.
Le vrai pouvoir appartient à celui qui sait que
la conscience est traître, qu'elle est la compagne
du doute, qu'ensemble ils sont les prémices de
cette faiblesse qui fait partie de la nature humaine
et qui départage les hommes plus sûrement que
tout autre critère. L'être social moderne aura beau
tout tenter pour nier cette évidence, il n'y par-
viendra pas : celui qu'on appelle « monstre » ne
fait que suivre la nature et lui rendre l'hommage
qu'elle mérite. Il explore jusqu'au tréfonds de
son corps et de son esprit les infinies possibili-
tés du pouvoir et aidera un jour l'homme à mieux
se connaître. Celui qu'on appelle monstre est un
découvreur de l'âme humaine, celui qu'on appelle
monstre est le seul à assumer le courage de son
exploration et à le montrer au monde, celui qu'on
appelle monstre a la force de sa solitude et de
l'affranchissement de toute béquille morale, de
tout prétexte à ses actes, de toute excuse qui
l'exonérerait aux yeux du monde, celui qu'on
appelle monstre a donc les yeux du fauve lorsqu'il regarde l'autre même si en apparence il est
tout à fait pareil aux autres, et dans ses yeux on
peut reconnaître l'obscurité et le magma, le défi

et la morsure, et surtout, surtout, le noir flux du pouvoir.

Celui que l'on dit monstre est l'expression la plus belle et la plus achevée de l'espèce. Celui que l'on dit monstre est terrifiant de beauté parce qu'il décèle avec une finesse inhumaine les failles des autres et les élargit et les aggrave, et devient ainsi cet idéal de sombre masculinité dont les mythologies investissent également les dieux et les démons. Les mythologies n'ont pas de moralité, elles célèbrent l'absolue hégémonie de la force, la divine attribution d'une nature ciselée avec une précision d'orfèvre pour mieux survivre, pour mieux régner, pour mieux asservir et assujettir, et celui que l'on dit monstre s'élance et plane au-dessus du monde, admiré et haï, jalousé et adoré, et c'est dans cette solitude altière qu'il parvient à trouver d'autres élans et d'autres pouvoirs et à se rendre invulnérable à tous, y compris à ceux qu'il aime.

Car il aime, bien sûr, ce dit monstre, il n'est pas insensible, ce dit monstre, il n'est pas fait d'acier, ce dit monstre, au contraire, son amour est de la même trempe que sa colère, entier, plein, immédiat, indiscuté, pas de mais, pas de si, pas de peut-être, aucun de ces marchandages qui défont les couples plus vite qu'ils ne les font. Le dompteur ne tolère de négociation ni avec les chiens ni avec les fauves. Son amour n'en a que plus de prix. C'est un don qui résiste à tout, parce que les punitions assénées pour tout manquement, pour corriger les failles de l'autre ne sont que des preuves de plus, sinon, si l'on n'aimait pas, pourquoi perdre tant de temps et d'énergie à tenter de corriger cet autre que l'on aime, que l'on voudrait parfaite, que l'on voudrait sculptée dans un bois rare et précieux, pourquoi voudrait-on faire de la femme-poupée une bonne ménagère, la compagne de chaque jour du Dokter-Dieu, pourquoi, après la longue fatigue de la journée, consacrerait-on tant d'énergie à cette créature imparfaite si on ne l'aimait pas ? Ce monstre prétendument dépourvu d'émotions et de sentiments souffre en lui-même à chaque claque assénée, à chaque coup administré, à chaque injure proférée. Mais cette souffrance acceptée et assumée les yeux ouverts, qui en est conscient ? Qui en prend l'exacte mesure ? Un monstre est un monstre, il ne ressent rien, il n'a pas d'émotions, il ne peut pas souffrir, c'est ainsi qu'on le voit. La complexité de sa personnalité est telle que les gens normaux ne peuvent comprendre les ramifications de ses émotions. Alors, pourquoi chercher à se faire comprendre ? Qu'ils m'appellent monstre ou dieu, cela a-t-il une quelconque importance ? Je l'ai dit plus tôt, mon épitaphe m'indiffère. Moi je saurai que je n'aurais pas vécu une vie ordinaire, une vie inutile, une vie passée à courtiser le médiocre, à me contenter du peu, de la banalité, des faux-semblants, des mensonges du quotidien qui permettent de se croire vivant et valable, mensonges que l'on se fait à soi-même pour se satisfaire de ce que l'on est, oh oui, j'ai engueulé mon subal-

terne aujourd'hui, je suis quelqu'un d'importa.
j'ai marqué des points auprès de mon supérieur
qui recommandera ma promotion, je suis donc
plus intelligent que les autres, j'ai réussi à brasser
du vent plus longtemps et plus fort que les gens
autour de moi, je suis donc plus puissant, et ils ne
savent pas combien l'opinion de ces autres est
peu conforme à ce qu'ils croient, le mépris, le
ridicule, l'opprobre, ils marchent comme des
automates dans le flux d'air qu'ils ont eux-mêmes
créé de leur vent intestinal, et ils ne voient pas le
dégoût des autres et ils ne savent pas qu'ils marchent vers leur fosse avec encore plus d'igno-
rance de ce qu'elle contient jusqu'à ce que leur
ambition savamment nourrie soit confrontée à la
réalité du but : l'infarctus au bout du chemin,
pauvres hères désemparés par leur inconscience,
leur mallette de projets et de promotions et de
stratégies de modernisation au poing, sur laquelle
la première motte de terre sera jetée !

D'ailleurs, je vous le demande, qui appelez-
vous monstre ?

Ah oui, j'oubliais, c'est moi, bien sûr, pas vous
là-bas aux minuscules tortures, infimes méchancetés matinales tandis que vous jouez au mâle
compréhensif et attentif, pas vous le raciste en
douce qui glissez des yeux de soufre vers toute
peau sombre mais souriez de vos dents jaunes,
pas vous le costumé qui serrez le nœud coulant
de votre cravate pour éviter d'injurier les pauvres
qui vous usurpent l'espace, pas vous la déhan-
chée qui toisez les laides avec un sourire en coin,

'engrossée qui donnez le soir des coups
votre ventre dans l'espoir d'être débar-
la tumeur fœtale, pas vous la vipère qui
les voisins avant de les inviter à dîner,
pas vous l'assassin sans arme qui poignardez le
dos tourné de vos médisances, pas vous l'ange
martyr qui consacrez votre vie à vos enfants mais
devenez pour eux un reproche vivant, pas vous
l'obscène derrière son écran d'ordinateur, pas
vous qui serrez le poing de rage mais n'osez le
lancer au visage de votre haine, pas vous ni vous
ni vous qui me conspuez mais qui partagez la
jouissance de mes actes et attendez ma confession avec délectation, pas vous ni vous ni vous
qui achetez le journal où sont étalés en gros titres
les méfaits des monstres aux yeux nus, qui
mangez votre pain et laissez couler au bord de
votre lèvre le jus de l'envie, racontez encore,
amis journalistes, frères dans la révolte et la
révulsion, les invraisemblables actes commis par
nos pairs, dites encore comment ils ont enfermé
leurs enfants, comment ils les ont torturés, comment ils les ont assassinés et découpés et dépecés
et comment l'amant a mangé l'amant, comment
la femme a congelé ses petits, comment le père a
   racontez encore et laissez-nous croire, bavant
d'indignation repue, à nos natures généreusement
humaines, tandis que les monstres, eux, vivent
pour nous
   dites-nous comment ce monde abrite la terreur dans la maison d'à côté et nous rend bons
parce que nous n'avons pas commis ces actes-là,

ô morale répugnance, ô grandeur de nos âmes feutrées

dites-nous comment nous avons réussi, nous, à maîtriser nos pulsions en ne commettant que de minuscules délits, trois fois rien, faciles à excuser au vu des méfaits démesurés des monstres

donnez-nous encore et encore un prétexte à la méchanceté quotidienne et délivrez-nous de notre conscience

amen.

Eh oui, il n'est pas si aisé de tracer une ligne droite entre les monstres et nous. De l'autre côté de cette barrière, mon Dieu, qu'ils ont l'air ordinaire ! Je veux dire, des hommes comme on en croise chaque jour, pas plus grands ni plus musclés que d'autres, mais juste ce qu'il faut d'inflexible dans les yeux et la bouche pour que l'on reconnaisse en eux ce qui les sépare de nous.

Ou ce qui me sépare de vous, puisque vous avez décidé que j'étais de l'autre côté de cette ligne.

Les barrières sont faciles. Il suffit de planter un piquet, et puis d'autres s'y ajoutent. Un coup de maillet et le tour est joué. Rappelez-vous, tous les crucifiés ne sont pas des monstres.

Mais avant de décider, il faut suivre le chemin jusqu'au bout. Le chemin, c'est cette rigole de feu qui est partie de mes pieds ce jour-là.

Il y a eu la cigarette, et ensuite il y a eu le Chivas, oui, mais plus tard. Ce sont ces deux faiblesses qui m'ont permis de prendre la mesure de ma force.

Je regarde la porte de ma chambre : elle est entrebâillée. Après avoir tout nettoyé (pauvre torture qui n'a pas eu lieu, pas eu le courage, la Malika, après cette brève velléité d'affirmation de soi, dès que je l'ai confrontée à ce qu'elle sait déjà, plus de fille ni de petite-fille, aussitôt inscrite aux abonnés absents), elle a pris la fuite. Mais je vois la lumière verticale qui entre par cette porte et je sais qu'elle est là, se disant que je vais de nouveau parler à voix haute, me parler à moi-même et à un interlocuteur invisible et ainsi elle entendra ma confession sans avoir besoin de me l'arracher avec des tenailles. C'est ainsi qu'elle voudrait que les choses se passent. Bien. Qu'il en soit ainsi, ma chérie, peut-être Kitty est-elle à tes côtés en ce moment, que tu l'as forcée à venir aussi pour entendre, pour écouter aux portes comme toutes les curieuses qui oublient toujours que ce qu'elles entendront leur déplaira souverainement, quelle soif d'humiliation doit les habiter pour ainsi s'exposer au mépris ! Enfin bref, qu'elles assument.

Je vais donc parler à voix haute, délibérément cette fois, alors qu'avant j'ai dû le faire inconsciemment :

Après la marmite de riz renversée, ce jour-là, il y avait sur le lit un lourd paquet de glu. Le riz et l'eau, mêlés à l'huile rancie, ça devient de la colle, mes petites, une fois refroidi. L'amidon échappé du riz trop cuit sert de liant au mélange. Le paquet humain, allongé dans le lit et recouvert de sa chape de colle, ne peut plus bouger. Il ne peut que regarder cet homme et cette petite fille qui ne sont plus siens, perdus par sa propre folie et son obstination. Des yeux fixes, noirs, déjà remplis de la certitude d'un arrêt brutal : il n'y a plus de suite possible. Le désir de vie a été expurgé d'elle avec ce dernier sursaut où elle a cru pouvoir nous tromper. La sorcière a vu qu'elle avait affaire à plus intelligent qu'elle. Je tiens Kitty par la main pour l'empêcher de s'en approcher, mais je sais déjà que Kitty est à moi, tout à moi, à moi seul, et que rien ne la fera de nouveau appartenir à la masse fumante d'ordures déversée dans ce lit.

Le sari vert déployé dans la retraite de la créature vers sa chambre traîne à terre, presque jusqu'à nos pieds. Soie des souvenirs morts. Ils veulent fuir aussi, quitter le navire chaviré, oublier qu'ils se sont un jour amoureusement enroulés autour de ce corps qui a oublié son innocence. Je me souviens qu'elle vient d'avoir vingt ans. Vingt ans, et elle n'a toujours rien compris au métier de femme ! J'ai envie de tirer sur le pan du sari pour le détacher entièrement du corps, pour l'en libérer et peut-être en garder quelque chose, un fragment de couleur et de douleur, mais au fond je ne ressens pas grand-chose, cette femme est partie si loin de moi qu'elle est déjà morte et c'est une autre que je pleure.

À ce moment, Kitty me demande : tu sais comment on punit les sorcières ?

Je la regarde, étonné de cette question.

Je ne sais pas, Kitty, lui dis-je.

Il faut les brûler, déclare-t-elle.

Je ne réponds pas. Ses questions me troublent. Elle a désormais peur de sa mère, peur de cette femme qui ne bouge pas, qui hantera ses rêves, elle ne pourra plus dormir tant que cette femme sera vivante. Les yeux noirs sont toujours posés sur nous, et je commence à ressentir le vertige de sa malédiction.

Comment punit-on les sorcières ? Il faut les brûler, affirme Kitty. Que lui dire ? Que lui expliquer ? J'ai peur moi aussi de la haine coagulée dans ce lit, des gouttes figées de rancune sur le sol, des yeux trouant l'espace entre nous, du sari qui commence doucement, doucement, à s'avancer pour nous prendre.

Comment punit-on les sorcières ?

Il faut les brûler.

Il faut les brûler.

Ma main tremble. J'allume une cigarette. Ma main tremble. J'aspire une bouffée qui me brûle le cœur. Ma main tremble. Je secoue l'allumette pour l'éteindre et la jette à terre. Ma main tremble. Je pose la boîte d'allumettes et la boîte de cigarettes sur la table.

Ne joue pas avec les allumettes, Kitty, dis-je en sortant de la pièce.

Kitty, je t'ai aimée après la mort de ta mère, mais je n'ai pu oublier ce que tu as fait.

Kitty, pour qui veut m'entendre, je t'avais dit de ne pas jouer avec les allumettes.

J'ai essayé d'oublier, comme toi. Je me suis

juré de ne jamais en parler. Mais c'était un effort impossible. C'était ma femme. C'était ta mère.

Un jour, ce fardeau est devenu trop lourd à porter. Ce jour-là, un ancien patient est venu me voir, il rentrait d'Angleterre avec un cadeau. Un whisky qui n'existait pas encore à Maurice, que personne n'avait encore jamais goûté ici, disait-il, même si ce n'était sans doute pas vrai. La bouteille était trapue, ronde, lourde, l'étiquette disait « eighteen years of age », ce whisky s'appelait le Chivas Regal, étrange nom pour un whisky mais je l'ai goûté quand même.

Oh, l'or de ce whisky entré en moi ! Les whiskies importés à l'époque étaient pour la plupart de mauvaise qualité. Je n'avais encore jamais bu un vrai, un vieux, l'un de ceux qui deviendraient vite un snobisme pour les parvenus de l'île, et je découvrais donc ce breuvage grâce à cet ami qui me regardait avec le sourire de celui qui était déjà passé par là, qui avait compris la puissance de ce plaisir moelleux, de ce mélange de brûlure et de velours, et comment le liquide suivait un tracé dans le corps, rayonnant à travers lui et dans le cerveau en lui dictant des pensées moites et déroutantes, j'ai goûté et j'ai siroté et j'ai avalé d'aussi petites gorgées que possible pour en faire durer le plaisir, et il continuait à remplir nos verres, le jour est devenu aussi doré que le breuvage, puis la nuit est tombée et nous avons continué, rendant hommage à cette boisson de roi, jusqu'à ce que la bouteille soit vide.

Il est parti alors, riant encore, à moitié pleurant, me serrant dans ses bras, et me disant : j'ai été triste pour vous, en apprenant que votre si jolie femme était morte.

Cette phrase m'a ramené à la nuit. Il n'y avait pas de sortie. Depuis des années, j'étais plongé dans ce noir. Ma si jolie femme était morte. J'étais le seul à savoir comment.

Je me suis levé et je suis entré dans la chambre de Kitty. Elle dormait. Elle souriait dans son sommeil. Elle ne se souvenait de rien. Elle avait passé les six dernières années à oublier l'impossible. J'ai regardé cette fille qui avait fait le vide dans sa mémoire, me laissant avec une charge insupportable de souvenirs. Je l'ai tirée du lit et je me suis mis à la frapper, à la frapper encore sans pouvoir contrôler ma rage, je pleurais en même temps, voyant sa surprise d'être réveillée de la sorte, j'ai frappé partout, j'ai arraché le pyjama qui m'empêchait de la punir convenablement, son petit corps était maigre et pourtant si doux au toucher, si pâle dans la nuit, elle n'osait faire de bruit en pleurant, c'était des cris de souris, c'était des cris de chiot sous les souliers des badauds, j'ai frappé longtemps, longtemps, et enfin, quand j'ai épuisé ma rage, je l'ai prise sur mes genoux comme je le faisais jadis avec sa mère, j'ai serré contre moi ce corps marqué de mes doigts, et, frémissant, inconsolable, je l'ai consolée.

Et ainsi, tu vois Malika, Kitty est toujours à moi parce qu'elle est coupable. Son bibliothécaire de mari n'y pouvait rien. Il ne savait rien. Il a servi, je ne dis pas, ma cause. Mais la punition, c'était à moi de l'administrer. Et la consolation aussi.

Je ne sais pas si tu m'écoutes, si tu comprends. Les monstres ne sont pas ceux que l'on croit. Mais vous, les femmes, vous vous obstinez à jouer le beau rôle alors que vous êtes les ravageuses. Les glaneuses de souvenirs périmés. Votre envie de fouiller l'envers des choses vous perdra toujours, et toujours, vous recommencerez. Vous êtes des mollusques, vous vous faufilez, vous vous traînez dans votre glaire, vous pénétrez les trous qui ne vous appartiennent pas et, de là, vous surveillez le monde, vos yeux globuleux tournent sur trois cent soixante degrés et croient voir derrière votre tête, mais vous ne voyez pas la marée qui monte juste au-dessous de vous. La marée monte, Malika, Kitty, vous vous êtes enterrées dans cette maison comme dans un trou mais il ne vous reste plus beaucoup de temps pour faire face à la vérité.

Sais-tu qui tu es, Kitty ?

Sais-tu qui tu es, Malika ?

Je ris en imaginant vos gueules consternées derrière la porte. Je ris en pensant à votre désarroi, écoutant ce que vous croyez être ma confession. Je n'ai rien à confesser, sales putes ! Rien du tout !

Non, rien du tout, parce que j'ai souffert pour la morte même si vous ne le croyez pas, ces dernières images d'elle, la plaie ouverte de ses yeux saignants, pauvre femme de vingt ans qui n'avait rien compris à la vie, ces derniers instants où elle a cru pouvoir tromper ma vigilance en s'habillant de vert et en préparant le repas, et puis, comprenant qu'elle ne ferait plus jamais illusion, retournant se coucher, attendant cette mort qui lui a été offerte, me disant de ses yeux blancs, tue-moi. Même si je l'avais fait, comme vous l'avez cru, les deux crétines, ç'aurait été un cadeau, pas un crime. Mais ça, vous ne le comprendrez jamais.

Je n'ai rien à avouer, rien à racheter. J'ai été l'homme que j'étais et je le suis toujours. Droit, fort, fidèle à mes convictions. On ne peut pas en dire autant de vous.

Je me sens fatigué d'avoir parlé. Je dois apprendre à me taire. Bientôt, autour de moi, il n'y aura que le silence. Je ne crains plus rien. J'ai tout dit, qu'elles fassent ce qu'elles veulent de

cette logorrhée de mots, de phrases, de [texte masqué]
qu'elles les enfilent en collier autour d[texte masqué]
et s'en aillent, dansantes et nues, ch[texte masqué]
condamnation sur la place publique, [texte masqué]
geller en reconnaissant leurs torts. Grand bien
leur fasse.

J'ai fait sous moi. Elles ne s'en préoccupent
pas. Je suis ici comme dans une tombe alors que
je ne suis pas mort. C'est ça, les enfants. Surtout
les filles, qui naissent avec dans le ventre la rancune des mères. Un garçon, peut-être, aurait été
différent. Le fils qui n'a pas vécu, il aurait été
médecin et aujourd'hui j'aurais été chez lui, il
serait rentré de l'hôpital, il serait venu directement dans ma chambre, il aurait pris ma température et ma tension artérielle, palpé mon foie,
écouté mon cœur, vérifié si j'avais pris mes médi-
caments, il m'aurait dit en souriant, tu es en
meilleure forme que moi et je lui aurais dit, souriant aussi, je sais, la vermine ne crève pas, et
nous aurions ri.

Nous aurions ri, mon fils et moi. Mon fils et
moi, ensemble, whisky le soir avec des beignets
de poisson frits ou des samossas, mon fils et moi
ensemble, footing du dimanche, impérieux et
grands — enfin, lui grand, moi impérieux —,
devisant de nos patients, des complications mystérieuses dont je lui donnerais la clé, et il secoue-
rait la tête de tendresse, me disant alors toi, tu
m'épateras toujours, et plus tard nous aurions
ouvert notre propre cabinet privé, mon fils et moi,
ensemble, Dokter Bissam et fils, *Doctor Bissam*

d son, oh mon pauvre petit qui n'as pas reçu le lait de sa mère, c'est elle qui t'a tué, elle devait aussi être tuée, ce n'était que justice, ton petit corps a brûlé avant que tu aies eu le temps de vivre, il est juste qu'elle soit aussi brûlée, mon pauvre petit cœur qui aurais été le soutien de ton père, *Bissam and son*, mais non, parti le petit, parti, mon cœur, parti mon bonheur, pas de rires, ensemble, toi, moi, mon fils.

La vermine ne crève pas mais toi, tu étais un ange. Il ne m'est resté que les diablesses. Sans doute suis-je venu sur terre pour elles. Pour renvoyer ces diablesses là d'où elles viennent. Il ne fallait pas juste punir Kitty, il fallait la... Il fallait la... Mais non, je ne peux tuer personne, je suis un soigneur, un sauveur. Je ne peux tuer personne. Mais si ce n'était pas une personne, comme la sorcière ?

Merde, me taire. Ne plus rien dire, ne pas laisser ma pensée s'échapper de moi. Revenons aux diablesses bien vivantes, elles. Mon séjour ici, maintenant, ce n'est pas pour que je souffre, mais pour que je les fasse souffrir et enfin comprendre leurs fautes. Il ne suffit pas de leur parler. Je dois les faire crever toutes seules avec mes mots, en leur offrant une telle image d'elles-mêmes qu'elles ne pourront plus jamais supporter de se voir. Je suis ici avec un destin d'ange, celui que n'a pu avoir mon petit. J'ai une mission. Qu'elles viennent. Je suis prêt. Je ne leur ferai pas de quartier, désormais. Je ne jouerai plus. Je serai impitoyable. Qu'elles viennent.

Qu'elles viennent, les veinardes, les sourdes, les aveugles mais les pas-muettes, ça non, parler, elles savent, et papoter, et cancaner et jacasser, caisses sans résonance, gouffres d'inexistence, ployées sous leur fardeau de vide, qu'elles viennent me dire en face ce que tout ce temps elles ont dit de moi, et qu'elles viennent entendre ma réponse d'homme et de père, qu'elles viennent, dans leur enveloppe d'ombre et de chair, les diablesses ne devraient avoir peur de rien, mais bien sûr elles ont peur de leur propre visage, si on leur offre un miroir elles le cassent, les diablesses ont dévié les hommes justes de leur route, les ont entraînés à faire les choses les plus terribles pour leur interdire le repos, pour les condamner à renaître et à errer de vie en vie en expiant les fautes qu'ils n'auraient pas commises sans elles, elles sont là pour nous obliger à revenir à notre enveloppe d'homme au lieu de conquérir la liberté de l'âme, la vie est notre enfer, les femmes sont là pour nous y condamner à jamais, l'éternité du cycle de mort et de renaissance à cause d'elles, voilà ce qu'elles nous apportent, point.

Pas d'ailes pour les anges possibles. Les démones sont là pour vous les arracher de leurs dents. Pas de course au-delà de vos marges. Pas d'envolée avec un rêve de fumée. Je n'ai jamais aussi bien compris leur rôle qu'en cet instant précis, où l'évidence crève mon esprit comme un glaive de soleil. J'ai du mal à respirer tant la vérité m'éblouit. Et le regret, aussi, de ne pas en avoir fait davantage, de ne pas les avoir mieux massacrées, de ne pas les avoir étouffées au berceau, d'avoir même contribué à leur reproduction, oui, si j'ai été coupable d'une chose, c'est de celle-là, uniquement : je les ai mises au monde. Je n'aurais pas dû. Sans certitude du fils-ange, je n'aurais pas dû me laisser tenter par la paternité. Mais je ne savais pas encore que j'engendrerais de telles créatures ; que la première, celle qui hante mes rêves, m'était apparue dans un feu d'artifice pour mieux m'assujettir, que les autres, après, ont complété le cercle et refermé le piège. Si je l'avais su, je me serais mieux défendu, mon Dieu, que de temps perdu, quel gaspillage de vie, quel gâchis, ma pauvre existence toujours au service des autres réduite à néant par elles — tandis que je construisais, elles détruisaient et je n'en savais rien.

Je me réjouis cependant que ce don de ma dernière heure, que ce cadeau du ciel me dise que je suis bien l'élu : la vérité n'est pas visible à tous. Elle n'est en fait visible à personne, sauf à quelques êtres d'exception, et même là, seulement quand il est trop tard pour prévenir les autres. J'espère néanmoins pouvoir faire passer le message, j'espère que quelqu'un, quelque part, m'entendra et m'écoutera : les femmes sont nos ennemies, elles sont nos doubles sauvages et dénaturés, elles sont la part de l'inconnaissance, de la bêtise, de l'obscurantisme, de l'illusion et, oui, de l'animal en nous : il nous faut les détruire.

La vérité doit être dite avant qu'il soit trop tard, parce qu'elles ont tout soupçonné, les diablesses, elles ont malheureusement la ruse des abysses d'où elles viennent, elles savent louvoyer hors de nos emprises, elles se protègent de toute attaque en règle et ont des parades pour tout. Leur plus grande arme est leur prétendue faiblesse, cette manière qu'elles ont de se laisser tabasser pour ensuite accuser l'autre, de jouer aux douces éplorées, aux mères monstrueusement aimantes, aux épousées virginales, mais aussi aux tentatrices chevelues et aux aguicheuses chevronnées afin de nous prendre par tous les moyens, par tous les orifices. Comment lutter contre tant d'habileté, tant de perfidie, tant de traîtrise?

Je dois sortir de ce lit, de cette chambre, de cette maison. Je dois prévenir le monde de ce danger, de cette menace, de cette peste imminente. Les hommes leur ont ouvert les portes. Les diablesses s'y engouffreront. Je dois d'abord détruire les deux qui sont là, qui attendent la sentence derrière la porte.

Êtes-vous là, Kitty, Malika?

Un frémissement d'air me répond, un frisottis d'ombres, et je sais qu'elles y sont, comme en un jeu de cache-cache dangereux, où celui qui y est est celui qui en meurt.

Suis-je le loup ou est-ce elles?

Viens, Kitty, Kitty, ma chatte.

Souviens-toi, tu hésitais, et puis tu venais.

Comme par enchantement, elle vient. Elle est debout là, pâle, vêtue de vert comme sa mère. Un instant, cela me déroute. Je détourne les yeux, un choc au cœur. La ressemblance est à nouveau visible, vicieuse, vicieuse, cette femme, elle n'a pas dit son dernier mot. Elle me regarde de ses yeux d'or. Elle veut tout de suite me dire qu'elle est la fille de sa mère. Ça, je le sais, elles sont toutes les filles de leur mère, rien ne rompra ce lien, peu importe ce que leur a fait leur mère ou ce qu'elles ont fait à leur mère, lien innombrable que personne ne comprendra jamais, lien de chair à chair, de cœur à cœur, de cerveau à cerveau, de vie à vie, de mort à mort, ininterrompu, acier inoxydable de la féminité. Elle est là, en vert. Vert pâle, couleur de goémon sous la lune. Redevenue belle malgré la vieillesse parce que rhabillée par les souvenirs, par cette mémoire traître et triste qui nous rend chaque instant si douloureux ; la plus grande cruauté de notre état d'humain. Ne pas revoir l'autre en elle, la femme-enfant, l'épousée, l'arc-en-ciel dans le déploiement de ses saris pastel, l'envolée, la maudite, la néfaste, ne pas revoir la natte et la petite poitrine docile, ne pas revoir la bouche et les yeux murmurés, ne pas revoir les mains et la nacre du ventre, ne pas revoir les pieds et les plis muets de l'aine. Rien du tout, celle-ci est l'une de ces diablesses que j'ai engendrées et que je dois détruire.

Je lui parlerai de cette manière qu'elle avait de me regarder le soir quand je la bordais dans son lit, comment ses yeux me disaient des choses qui me remuaient et qui me forçaient à rester là, à me coucher auprès, contre, sur elle, à la serrer de plus en plus fort dans mes bras, comment elle est la honte du père après avoir été la meurtrière de la mère et comment cela a continué, continué, elle ne disait rien, ne protestait pas, ses yeux me regardaient le soir en me suppliant de rester jusqu'à ce que les larmes coulent, larmes de Kitty, infinies, inépuisables, matin, midi et soir, corps de Kitty qui change à treize ans, à seize ans, faire attention, ne pas se laisser découvrir, je suis médecin après tout, mais un jour je finis par me faire piéger de nouveau par la diablesse et c'est ce qu'elle voulait, non, c'est ce qu'elle voulait.

Et l'autre, après, Malika, si différente de nous tous, celle qui a toujours vécu dans le mensonge de sa mère et de son père, et qui a toujours voulu partir sans jamais pouvoir partir, et qui maintenant croit jouer aux vengeresses juste parce qu'elle joue le rôle de l'homme auprès de sa femelle, elle croit pouvoir juger et condamner dans le même souffle, elle croit pouvoir sauver sa mère de la vérité et la faire renaître sienne à jamais, m'effacer de leur mémoire, faire comme si le monstre n'avait jamais existé, c'est ce qu'elles voudraient, mais elles n'y parviendront pas, parce que Malika, sans moi tu ne serais pas et tu ne pourras pas me tuer, vous êtes des mauviettes incapables d'assumer vos actes, incapables de croire un seul instant en vous-mêmes, vous louvoyez aux abords de ma chambre sans avoir le courage d'y entrer pour m'étouffer avec un oreiller ou pour me faire avaler du poison de force, alors ne me parlez pas de vos droits, les femelles, les diablesses, venez faire amende honorable et peut-être alors consentirai-je à vous laisser la vie sauve.

Malika a rejoint Kitty. Elles sont là, au pied de mon lit, enfin. Je les ai réunies de par ma force, de par ma seule volonté et je vais leur administrer le coup de grâce.

Mais c'est Kitty qui se met à parler.

Pauvre, pauvre homme, dit-elle. Père ? Non, ce nom ne t'a jamais convenu, pas plus que celui de mari ou de grand-père ou de beau-père. Tu as toujours été un homme, c'est tout. Un mâle. Celui qui n'a pour seul but que lui-même. Quelle vie tu as menée, sombre, vide, se dévorant de l'intérieur tant tu étais habité par la rage, ta seule émotion, la rage, souveraine, laide, immature, qui déformait tes traits, qui faisait ressortir tes dents comme un chien, qui jaunissait tes yeux, la rage que tu utilisais pour régner sur ton piètre royaume et dont tu n'avais pas envie de te défaire parce qu'elle était ta seule puissance. Mon Dieu, quelle vie ! Rien d'autre, n'est-ce pas, puisque tu savais que tu étais un mauvais médecin malgré le respect des gens, tu tuais plus de patients que tu n'en sauvais, tu n'aidais personne, tu n'aimais personne, quelle solitude, une vie si sordide, se rongeant la queue comme un chien famélique qui n'a plus rien à dévorer, et moi, ce jour-là te souviens-tu, le jour de mes quinze ans, les cadeaux, la robe dansante, la robe valsante, comme je l'ai tout de suite appelée, la robe velours et de nuit tournoyante, quand je l'ai portée, oui, j'ai cru à ton amour, et ce jour-là, tu sais, quand je dansais, je n'imaginais pas d'autre homme que toi, tu étais mon père qui m'emmenais au bal et je dansais dans cette robe de sucre fondu et mes chaussures à talons, et quelqu'un dans la salle me voyait et m'admirait, mais c'était encore à ce moment-là une image lointaine, c'était avec toi que je dansais, mais un autre toi, pas celui de mes nuits, pas celui de mes cauchemars, l'autre père qui ne s'était pas transformé en sorcier comme ma mère, l'autre père, le vrai, revenu le jour de mes quinze ans en cadeau miraculeux et qui m'était rendu alors que je n'espérais plus rien, l'autre père, le vrai, qui me conduirait au bal et je danserais avec lui, heureuse, heureuse, sa fille, pour la première fois sa fille, tu comprends comment je me suis laissé tout doucement emporter par le miracle de ce jour-là, la robe sur mon corps murmurant des secrets de femme qu'elle me promettait de me livrer peu à peu, je me suis laissée aller à cet espoir terrible, j'ai tournoyé dans la chambre, main posée sur l'épaule de mon vrai père, j'étais une femme, mes quinze ans m'avaient donné quelque chose d'innombrable, mes quinze ans m'avaient donné une vie après avoir vécu dans la terreur et l'absence de tout rire

mais ensuite, emportée par ma valse, je me suis retournée vers le miroir et dans le reflet j'ai vu ton visage par la porte de l'armoire entrouverte, et le monstre était toujours là.

La peur est débilitante au point où rien d'autre ne compte, ni envies, ni espoirs, ni possibilité de rébellion. La peur est l'esclavage ultime, d'où on ne sort que par la mort.

L'esclavage ultime, oui. Mais parfois les esclaves finissent par se libérer, tu vois, parce qu'un jour, ils comprennent que le maître, ce n'est pas celui qui manie le fouet, mais leur propre terreur. Et ce jour-là, tu sais, c'est comme les esclaves marrons qui ont fui jusqu'au Morne, tu te souviens de cela, ils ont été pourchassés, acculés au bord extrême du rocher, et là, ayant eu sur les lèvres et dans le sang le goût de la liberté, ils se sont retournés, ont vu s'approcher les maîtres sur les chevaux et les fusils et les fers et les fouets, et ils ont ri, j'en suis sûre, ils ont ri parce que rien ne les enchaînait plus, ils ont couru ensemble vers le bord de la falaise et ils se sont envolés, les maîtres atterrés ont cru leur voir pousser des ailes et ont cru qu'ils s'envolaient comme de gigantesques cygnes noirs vers l'ouest, prenant le vent et suivant le soleil, vers les côtes de l'Afrique qu'ils n'espéraient plus jamais revoir. Alors, tu vois, maintenant, enfin, je suis au bord du rocher. Je regarde la mer en bas, et jamais elle ne m'a semblé plus accueillante. En parlant de ma mère, en racontant comment tu m'as fait croire qu'elle était une sorcière, que ce n'était pas ma mère, tu m'as obligée à me souvenir que ce jour-là, le jour de la marmite renversée, je n'ai pas eu un geste envers elle, je n'ai pas pleuré, je n'ai pas crié, je suis restée avec toi, de ton côté, comme font les faibles qui restent du côté du plus fort. Mais je me souviens aussi d'autre chose, et je vois combien tu es méprisable, avec tes demi-mensonges et tes faux-fuyants. Ma mère est morte, mais je peux encore lui être fidèle. Et tu dois désormais accepter que ton pouvoir est fini parce qu'en Malika et moi, quelque chose a définitivement changé : nous n'avons plus peur.

Je n'ai plus peur mais je me souviens enfin de son visage, ce jour-là. Voilà le cadeau que tu m'as fait, pauvre homme, et c'est pour cela que j'ai l'intention de te pardonner.

Tu me l'as ramenée au moment où tu pensais me détruire définitivement. Je me souviens de son visage au moment précis où tu as renversé la marmite sur sa tête. Tu m'avais persuadée que ce n'était pas elle, que c'était une sorcière qui avait pris sa place et, parce que j'étais si jeune, j'y ai cru, tu sais, j'y ai cru car elle avait vraiment changé. Mais je revois son visage à présent et je sais qu'à ce moment précis, je n'ai plus cru à cette histoire de sorcière. Simplement, je n'avais pas envie d'être de son côté parce que je lui en voulais d'avoir changé. J'ai choisi le mauvais camp ce jour-là et, quand elle l'a compris, elle s'est laissée mourir.

Elle était prête. Je crois qu'elle était déjà morte quand le feu a pris. Tu ne la regardais pas comme moi. Moi, j'avais les yeux fixés sur les siens, et j'ai vu clairement l'instant précis où la lumière est partie et il n'y avait plus rien là, que le corps de ma mère ; ni sorcière ni mère, seulement une femme fracassée. Je n'y comprenais rien mais j'ai su qu'elle était partie. Heureusement pour elle, elle est partie avant que tu ne jettes ton allumette encore enflammée sur le pan de son sari.

Kitty s'est tue. Je ne sais même pas si elle a vraiment parlé. Tout cela est tellement faux, un tissu de mensonges, comme on dit, un tissu vert serpentant d'elle à moi et toujours nous liant, nous serrant, nous étouffant, un tissu transportant le feu et la flamme de ma vie, de ma survie sans la vampire qui ne demandait qu'à sucer mon sang, mon énergie, toutes mes forces, toute ma foi : comment aurais-je pu vivre avec elle à mes côtés, dites-moi, croyez-vous que ce regard-là soit supportable à long terme, à longue échéance ?

Je ne l'ai pas tuée. Kitty l'a dit : elle était déjà morte. Tant mieux pour elle. Et maintenant on fait quoi, Kitty ? Tu as dit que tu me pardonnais. Tu me pardonnes de quoi ? De t'avoir engendrée ? De t'avoir donné une chance d'être en vie alors que tu n'aurais jamais dû être là et que tu n'as servi strictement à rien, à moins que de donner naissance à cette autre créature inutile ne te semble un accomplissement valable, je n'en sais rien, c'est possible, il y a des gens qui se contentent de peu, mais là, franchement, ce n'est même pas du peu, c'est du vide que tu te contentes, c'est de l'immense vide qu'il y a au milieu de cette fille et qui usurpe l'air des autres, moi si je n'avais fait que cela de ma vie je t'assure que je me serais suicidé depuis longtemps, mais bon chacun fait comme il veut, je ne te reproche rien. Tout ce que j'ai à dire c'est que je ne l'ai pas tuée.

C'est Malika qui me répond :

Tué, pas tué, assassin par acte ou par abandon, tu as fait bien plus que cela.

Oui, merci, et j'en suis fier.

Pourquoi me fatiguerais-je avec elle, cette nullité pareille à toutes les autres, qu'elle s'écarte, qu'elle parte, qu'elle me laisse seul avec ma Kitty, la seule demeure de mes jours, la seule caresse de mes nuits, je n'ai peur de rien, tu as raison, l'idiote, peur seulement que Kitty s'en aille même si elle dit qu'elle me pardonne.

Mais de quoi me pardonnerait-elle ? De l'avoir trop aimée ? Peut-on trop aimer, Kitty, Malika, vous les géniales qui savez tout, qui avez réponse à tout avec votre bouche en cul-de-morale, vous les crétines qui commencez par corrompre le plaisir avant de l'assassiner, comment comprendrez-vous la passion quand tout en vous n'est que froideur ?

Je commence à claquer des dents, d'un seul coup, rien que d'y penser. Penser à Malika, yeux sombres, lèvres criantes, qui me dévisage comme un juge. Et penser à Kitty en sari vert, qui préfigure sa mère, qui défigure le souvenir de sa mère trop belle pour être vraie, trop belle pour être, tout simplement, et qui devait partir et lui laisser le champ libre.

C'est toi qui as voulu qu'elle meure, cochonne, chienne ! je crie.

C'est toi qui étais jalouse d'elle, qui ne supportais pas que je l'aime !

C'est toi c'est toi c'est toi, mes dents claquent, je ne peux plus supporter ces regards sur moi, cette perpétuelle accusation d'au-delà de la tombe, je ne l'ai pas tuée, pas d'allumette tombée par terre pas tout à fait éteinte sur le sari vert, pas de manipulation de la petite fille aux yeux d'or, pas de souvenirs fabriqués d'elle jouant avec les allumettes et enflammant sa mère, rien de tout cela, rien, je vous dis, je n'ai rien fait, je n'ai fait que m'agenouiller devant cette femme suicidée d'orgueil sous sa chape de riz coagulé, ce n'était rien que du riz, n'est-ce pas, ce n'est pas la mère à boire, rien qu'un peu de riz mal cuit graisseux qu'elle a voulu me faire avaler et que je lui ai renvoyé à la figure, pas un crime tout de même, il y a des génocides impunis et aujourd'hui on veut me condamner à mort pour avoir un peu tabassé ma femme, s'il fallait faire ça à tous les hommes qui un jour l'ont fait, vous seriez bien seules, les demeurées, désolé de vous décevoir, et non, même après, je n'accepte aucune honte, je ne suis pas coupable, Kitty, de t'avoir consolée dans notre nuit commune, d'avoir caressé ton petit corps tremblant quand tu pleurais la nuit, de l'avoir mis tout près du mien et de l'avoir inondé de l'amour d'un père, de l'amour d'un homme, ce ne sont que les esprits chagrins qui y verront un quelconque mal, le coq chantait au matin, Kitty, au-dessus du toit et nous chantions aussi toi et moi tu te souviens, tu souriais dans tes rêves même si tes yeux continuaient de pleurer, le coq chantait glorieux et le soleil de Port Louis nous troublait les yeux, je te recouvrais d'un drap, tu gisais comme morte mais tu étais soyeuse comme un petit chat, tu te rendormais affaissée de fatigue mais tu souriais à tes rêves et peut-être y étais-je, dans tes rêves, Kitty, qui connaît jamais les rêves parfumés des petites filles, je te regardais dormir et j'imaginais que j'étais dans la pliure d'un rêve contre ta joue, j'y croyais si fort que je pleurais de joie, Kitty tu ne peux pas me mentir, tout cela est vrai, ce soleil inondé dans mon corps au réveil, tu devais l'avoir partagé, dis-le-moi tu l'as partagé, dis-moi que tu l'as partagé, Kitty, la vérité, aujourd'hui, maintenant, désormais, avant que je meure, en auras-tu enfin le courage ?

Au lieu de me répondre, j'entends quelque chose qui me terrifie.

Plus rien du tout. Le silence. J'y crois pas j'y crois pas j'y crois pas. Elles en auront pas le courage. Pas assez de couilles, les pouffiasses, je le sais et puis merde pas besoin d'elles, je vais me lever, je vais chier et pisser aux vécés, rien à branler d'elles, si vous voulez que j'utilise la langue de ma rage, la voici, espèces de pédés qui vous croyez meilleurs que moi, plus vraiment besoin d'être propre, ni dans le parler ni dans les actes, plus aucune contrainte, assez fait semblant d'être éduqué, droit, honnête, sage, homme parfait, mari généreux, père aimant, pour quoi faire, pour ces deux mongoles avec leurs yeux de serpents en rut qui ont envie de se glisser partout pour empoisonner le vieux corps prisonnier de son lit, non, je refuse, je ne suis pas prisonnier, je suis un homme libre, à la fin des fins on revient à ce qu'on est et c'est un soulagement et une délivrance, ce qu'on est c'est de la pourriture ambulante, mes pauvres amis, c'est de la pourriture en attente de se réaliser, la pourriture soigneusement empaquetée dans sa peau comme des saucisses, à force de savoir ce qu'il y a à l'intérieur vous croyez que je n'ai pas une idée précise de ce que cela vaut, un homme, à quoi ça se résume, ô hautes pensées, raison vertigineuse, lumières de nos ténèbres, tout ça tout ça et au fond rien du tout espèces de petits merdeux, rien que des organes accrochés dans leur réseau de muscles, de tendons, de veines, de nerfs, d'artères, de cellules baignées d'huile rouge, dès qu'on ouvre la peau tout cela fuit et se met à se décomposer à une vitesse stupéfiante, j'ai assez vu de vivants gangrenés pour savoir ce que cela pue, un corps d'homme, ce que c'est fragile et bref et laid et inutile, quand le corps est mort les hautes pensées sont oubliées, la raison disparue, n'est-ce pas la preuve que ce ne sont qu'illusions pour tromper la mortalité? Croyez-vous que l'esprit puisse avoir le dessus? Demandez aux morts et ils vous diront qu'à la fin des fins rien ne demeure : ni l'empaquetage, ni le remplissage, ni les espèces de fumées invisibles que l'esprit aura produites pendant toute une vie et dont la quasi-totalité se sera évaporée dans l'infini. Ne reste que l'odeur que l'on porte en soi dès la naissance, l'odeur de la tombe de chair d'où on a été exhumé pour faire son chemin vers la tombe de terre ou de braise. Alors pourquoi faire semblant? Pourquoi ne pas l'accepter et vivre avec et s'en faire une alliée et comprendre que ce chant de mort en nous est un chant de puissance? Ce chant de la mortalité, comprenez-vous combien il peut être beau, combien il peut être grand, comment il nous donne le sentiment d'être les maîtres de notre vie dès lors que nous l'avons maîtrisé, le chant de la mortalité c'est ce qui fait de nous des hommes et non le chant de la vie, le chant de la mortalité exige de nous une si forte compréhension de notre état, de notre sens, de notre finalité que rien d'autre ne peut plus nous nuire : aucune autre peur ne peut exister face à lui, plus rien ne peut résister à son enchantement, c'est la seule certitude de nos ailes et de notre liberté. Le corps n'est que corps, tout le reste n'est que concept. Nos rêves d'existence ordonnée ne trompent que nous. Quelle est la part du saint en nous, dites-moi, quelle est la part de l'ange, quelle est la part de Dieu, je ne le vois nulle part, rien dans les échos de la maison silencieuse ne me parle de sa présence, tout me parle au contraire d'un songe cruel qui nous entraîne vers notre fin sans qu'à un seul moment il se manifeste sous une forme quelconque et nous fasse signe. Nous avons beau le construire il cesse d'exister en même temps que nous : Dieu meurt en même temps que chaque homme, et combien de morts a-t-il ainsi connues? Encore plus que nous, qui n'en connaissons qu'une. S'il existait pourquoi accepterait-il cela ? Aucune raison, il serait toujours là et nous en aurions la certitude au moment ultime, mais je sais que cela ne se passera pas ainsi. Je resterai seul jusqu'au bout et je n'aurai pas peur. Je sais que le sommeil me terrassera avec le sourire et je n'aurai pas peur. J'ai conquis le chant, j'en connais le secret, et je n'aurai pas peur. Mon corps se délite et ma pensée aussi et j'espère qu'elle partira avant, comme ça je ne saurai rien de l'outrage fait à mon corps, il n'est plus temps pour ça, écoutez-moi, vous qui me fuyez comme des anguilles glissant hors de ma portée, je vous défierai jusqu'au dernier souffle et mon cri sera ma tombe !

Écoutez, m'entendez-vous, les chattes sia-moises, où que vous soyez, tapies dans l'ombre de vos trous malodorants qui susurrez vos messes basses de damnées, qui vous prétendez morales et nobles, ah oui la noblesse, elle est bien camou-flée entre vos cuisses et la moralité dans vos der-rières ! Tout ça pour se trémousser comme toutes les bêtes au lit et accoucher comme toutes les bêtes dans la glaire et le sang et mourir comme toutes les bêtes dans la déchéance et la souffrance et la décomposition. Alors, hein, dites-moi, pas de quoi se sentir immatérielles et éthérées sauf dans leurs rêves de vierges qui ne durent pas longtemps, juste le temps qu'il faut pour jouer aux effarouchées et puis hop, plongée dans le lit pour être bien femme, et puis bien mère, c'est l'accomplissement de ces deux devoirs-là et nul autre qui compte, et, une fois le mari trouvé, le ventre vide de cannibale exige d'être nourri d'un petit, n'est-ce pas attendrissant, mais après le ventre redevient vide et le prince n'est plus charmant et vous non plus d'ailleurs, et il n'y a plus rien d'autre qu'une longue nuit, l'attente de rien, affreux, affreux, ce vide, pauvres âmes au rebut, rien qu'un long chemin de décomposition devant vous. Comment y faire face? Comment se réveiller chaque matin et regarder ça sans frémir et sans vouloir tuer ou se tuer ou se faire la malle? C'est pour ça qu'il faut les garder en laisse, sinon on ne sait pas de quoi elles seraient capables, si on ne les retient pas on ne pourra être sûr d'elles, il faut les garder dans leurs liens, dans leurs voiles, dans leurs menottes pour ne pas les laisser fuir dans leur monde complètement dément, un monde d'elfes et de fées mais où en réalité rôdent les démons, c'est par ça qu'elles sont attirées, ne nous y trompons pas, leur attirance est vers les ténèbres, vers la fange, vers la tourbe, et si on leur laissait la porte ouverte, fwitt! elles se précipiteraient vers les bas-fonds et se gaveraient de chair malodorante, alors il faut les retenir, les tenir, les maîtriser et leur montrer que ce qu'elles veulent vraiment, c'est le foyer, c'est le ventre, c'est les petits rats qui en tombent, qu'elles ne désirent rien d'autre jusqu'à ce qu'elles se persuadent qu'elles n'ont plus de désirs du tout, même si elles devront un jour comprendre qu'elles ne peuvent nous retenir, qu'il y aura toujours en nous, si parfaites soient-elles, ce désir de partir.

Ne vous en faites pas, les crétines, ils partent tous.

Ils partent, soit par mort subite, soit par mort lente, ou encore par déconfiture ou parce qu'ils ont trouvé une autre, plus jeune ou plus vieille ou plus belle ou plus compréhensive ou avec un peu plus de dents ou de cheveux ou de poitrine ou de fesses, peu importe, peu importe, et les enfants partent aussi le jour où ils n'ont plus besoin du sac à manger qu'est la mère éternellement mitoyenne, qui prend tout et accepte tout, mais ce n'est jamais assez, car après, il faut bien que les enfants trouvent le responsable de leurs failles, et qui d'autre peut l'être, responsable, qui d'autre que les père et mère assis bien à propos au milieu de leur vie qu'ils gâchent avec délectation, qui d'autre que les bonnes poires parentales qui leur ont donné les meilleures années de leur vie et qui lorsqu'elles ont droit à un peu de tranquillité deviennent la butte de leur inimitié, deviennent le cœur de leurs névroses, et puis quand les enfants ont bien massacré la vieillesse des parents, ils s'en vont vers d'autres cieux chercher d'autres territoires à massacrer, laissant derrière eux les vieux émasculés n'attendant qu'avec plus d'impatience encore l'ombre radieuse de la mort.

Oui, ils partent, ils partent tous.

Mais, vous voyez, je ne me suis pas laissé faire. Je n'ai pas été votre bouc émissaire et c'est pour cela que vous m'en voulez toutes les deux : je ne vous ai pas présenté des excuses pour comportement inadmissible. C'est ainsi. Je ne vous en ferai pas, des excuses. Vous pouvez toujours attendre. Je vous souhaite bien du bonheur, bonsoir les chéries.

Toutes les violences ne sont pas les mêmes et elles ne portent pas toutes le même nom.

Vous n'admettrez pas l'envie et l'instinct qui grouillent dans votre ventre. Cette envie, Kitty, c'est celle d'être la seule femme importante dans la vie de ton père.

Crois-tu que tu puisses me mentir, Kitty?

Ce que tes yeux me disaient, mon vieux corps ne l'a pas oublié. Viens, Papa, viens auprès de moi, Papa, viens on va jouer ensemble, Papa, on va jouer avec les mollusques séchés qu'on a trouvés hier sur la plage, Papa, et avec les branches de corail tranchantes qu'on enfonce, Papa, avec lesquelles on se coupe et s'empale, Papa, regarde, je saigne, Papa, regarde, je ne saigne plus, Papa, ne sois plus fâché, Papa, jamais plus fâché, Papa, tu vois je t'aime, Papa, je t'aime tant, Papa, il n'y a que toi, Papa, je ferai toujours ce que tu dis, Papa, reste avec moi, Papa, il n'y a plus de monde, Papa, plus rien n'existe, Papa, je ne ressens rien d'autre, Papa, rien d'autre que cet amour, Papa, si profond, Papa, ne cesse jamais de m'aimer, Papa, le corail m'entaille le cœur et les veines et les cuisses, Papa, laisse-moi pleurer de ce bonheur terrifiant qui n'appartient qu'à nous deux, Papa, ce terrifiant bonheur qui m'écartèle, Papa

Kitty ne répond pas.

Enfin, je me souviens du bruit que j'ai entendu tout à l'heure. C'était le bruit de la porte d'entrée qui se refermait définitivement. Je n'ai pas besoin qu'on me le dise : elles sont parties.

Elles m'ont quitté. Kitty a dit qu'elle me pardonnait mais ce qu'elle voulait dire, c'est qu'elle m'abandonnait.

C'est ça. Abandonné.

Pardonné et abandonné. Je suis seul. Jamais je n'ai été seul. De ma vie, toujours entouré. De gens, de malades, de pauvres, de demandeurs. Moi planant au-dessus d'eux, sûr de mon utilité. Mais vient le jour où tout cela ne compte plus, comme un hiver inattendu. Nous sommes seuls, seuls comme au temps de notre gestation, mais non, même pas, il y avait alors une femme qui nous accompagnait à chaque instant : seuls comme au moment de notre mort.

Dehors, j'entends encore des bruits de vie. Mais en partant elles m'ont signifié mon congé, les deux fantômes qui m'ont écouté pendant trois ou cinq nuits je ne sais plus, et puis qui s'en vont flottantes vers d'autres destinées en me pardonnant sans m'accorder leur grâce. Fantômes du temps qui n'attend pas, qui n'offre aucun répit. Il n'en reste plus qu'une. Celle qui est partie le plus tôt.

Seul, abandonné, vie qui s'en va lentement, trop lentement parce que je souffre. Jours et nuits n'ont plus de sens. Pas faim pas soif encore mais cela viendra. Et alors que se passera-t-il ? Comment se déroulera mon agonie ?

Pas de chant de mortalité, je ne l'entends plus. Rien que la crevasse qui gronde. De plus en plus fort, comme un tonnerre, comme une cascade, des eaux innombrables qui m'emporteront un jour lorsqu'il sera temps et que la vie ne pourra plus s'accrocher à mon corps. Je suis triste pour moi-même. Tant de richesse et puis abandonné comme un chien mourant dans la rue. Et même lui, il se trouvera bien quelque âme pour lui apporter une écuelle d'eau. Moi, non. Mourrai la gorge raclée de soif, l'estomac tordu de faim. Mourrai baignant dans mes matières, corps nu, corps giclé, corps macéré, corps immonde, corps comme tous les corps si douloureusement finis. Mourrai en prononçant en vain quelque prière inutile tandis que les minutes passent et que chaque mot tombe, plomb brûlant sur mes chairs.

Est-ce pour cela que je suis né ? Les images repassent devant mes yeux, moi, étudiant brillant à Dublin, moi, rentré triomphant à Maurice, moi, épousant la plus belle des femmes, moi, devenu Dokter-Dieu. Marche victorieuse de ma vie. Et puis le déclin, marche devenue boiteuse, puis plus marche du tout, piétinement sur place jusqu'à ce que le couperet tombe avec ces yeux blancs de ma femme, ce jour-là. Yeux blancs qui me reniaient tout entier, qui me disaient, tu n'es pas l'homme dont j'ai rêvé. Je n'étais plus à la hauteur. À partir de ce moment-là, je n'ai plus cessé de voir ma déchéance et ma chute dans ses yeux.

Je les ai fait taire, ces yeux-là. Mais ils sont toujours là, toujours, et encore plus depuis quelques heures, depuis qu'elle me sait proche, si proche, son souffle est sur mon front, l'indécence de son rire est dans mes oreilles.

Oui, elle est là, bien sûr. Elle ne me laisserait pas avoir le dernier mot, évidemment, malgré sa chape de riz gluant et sa peau carbonisée, gravant le tissu vert dans sa chair. Elle, silencieuse et trouble, la femme que j'ai connue à quinze ans, que j'ai tuée à vingt ans. Elle ne me laissera pas partir tranquille. Elle sourit, sachant que je connais chacune de ses pensées. Elle sait que je l'ai effacée de la mémoire des vivants. Qu'elle n'a eu aucune chance de survivre à la mort et à l'oubli, puisque j'ai refermé cette porte à double tour derrière elle. Que voulait-elle de plus ? Une stèle ? Un mausolée à sa mémoire ? Un Taj Mahal pour la belle oubliée ! Ça me fait bien rigoler ! Rien, rien du tout, même pas une petite pierre pour tes cendres, ma chérie, puisque tu as si mal dormi, je veux dire vécu, si mal rempli ta petite vie minable tandis que je suivais moi le chemin des anges que tu as transformé en chemin de ronces juste pour m'empêcher d'aller plus haut et plus loin ! Non, ma vengeance sera sans appel : tu mourras encore plus définitivement avec moi.

Et maintenant, je dois me taire. J'ai fait le tour des choses et je n'ai rien appris de plus.

Personne n'a de vraie réponse.

Je le soutiens encore, l'homme est en voie de décomposition. Et pas seulement l'homme, mais le monde, mais les choses, mais le vivant. Fini, tout cela. Pas la peine d'en faire tout un plat. Plus on s'agite, et plus la conscience du vide exaspère. Car, derrière tous les bruits du monde, il y a une plus belle rumeur encore, plus insolite, plus insolente, plus coriace et plus définitive. C'est la rumeur du temps qui passe, et qui ne sera jamais rattrapé. Chaque minute de votre vie est derrière vous, mes pauvres amis, et ce qui se rapproche de vous, là, devant, regardez bien, mais si, vous la voyez, vous devriez la reconnaître, puisqu'elle a été là dès l'instant de votre naissance :

la dernière échéance.

Au-dessus du corps immobile se penchent trois femmes. Leur visage est amusé, leur sourire joyeux. Elles ne se touchent pas mais il frémit entre elles une ondulation de sympathie. Chacune examine une partie précise : la main, le visage, les parties génitales, les genoux. Les signes de la dégradation presque instantanée qui a lieu après la mort sont visibles dans toutes ces zones. Elles sont très intéressées. Elles sont comme des scientifiques se penchant sur un microscope. Comme si elles s'attendaient à voir une chose jamais vue, à faire une découverte qui changerait le monde.

Deux d'entre elles posent des questions, l'une après l'autre :

Où se situe le centre de son humanité ?
Où se trouve le cœur de sa méchanceté ?
Où commence le début du pardon ?
Où finit l'individu ?
Est-ce bien lui, là, ou est-ce autre chose ?
À quoi a-t-il servi ?

Le corps, un peu outré de cette manipulation sans complexe, ne dit rien.

La troisième femme, la plus âgée, la plus jeune aussi parce qu'elle est morte à vingt ans, sourit mais ne répond pas. Elle passe pensivement la main sur le front jauni, sur les chairs qui, déjà, se disloquent. Elle appuie légèrement et cela semble fondre sous la pression.

Ce que je sais, dit-elle, c'est que c'est là tout ce qu'il reste de ma peur.

Les autres hochent la tête, atterrées par cette évidence : elles ont eu peur de rien. Le petit tyran sera bientôt un grouillement d'asticots. Elles ont eu peur d'une nourriture pour insectes. Elles éclatent toutes de rire en même temps.

Elles se ressemblent, mère, fille, petite-fille, ou autre chose, sœurs peut-être, aïeules ou progéniture, aucune importance dans l'ordre des choses. Aucune importance à l'aune de leur temps. Elles croient saisir l'éternité.

Leurs retrouvailles dans la maison déserte, dont les murs sont si bien rongés par les termites que dans dix jours très exactement elle s'écroulera sur elle-même, sont une occasion de fête. Une fête comme aucune n'en a connu avant. Deux d'entre elles ont vu leur ombre massacrée. La plus jeune, elle, a eu une opportunité d'amour qu'elle a saisie à bras-le-corps : cela se voit dans sa bouche rougie de l'anticipation de ses nuits Marie-Rose.

Une fête, oui, elles y ont bien droit, pour une

fois. Un peu de champagne, pourquoi pas, pour ces reines mystérieuses et furibondes. Assises ou flottantes autour d'un corps qui s'effrite, riant à chaque partie qui tombe, jusqu'à ce que la plus jeune s'en aille pour recommencer à vivre, que la plus vieille s'efface pour enfin apprécier sa mort, et que toutes les deux disent à celle du milieu, comme à regret, je suis désolée mais il le faut, et qu'il ne reste plus que celle du milieu qui, comme tous ceux du milieu, ne peut ni partir ni rester, ni sourire ni pleurer, ni oublier ni se souvenir, ni fermer la porte ni l'ouvrir toute grande.

Silencieuse et immobile, elle regarde le point final de ses blessures.

Il n'y a qu'un nom pour la violence, Père, dit-elle. C'est la violence.

DU MÊME AUTEUR

Aux Éditions Gallimard

PAGLI, 2001.

SOUPIR, 2002.

LE LONG DÉSIR, 2003.

LA VIE DE JOSÉPHIN LE FOU, 2003.

ÈVE DE SES DÉCOMBRES, 2006.

INDIAN TANGO, 2007 (Folio n° 4854).

LE SARI VERT, 2009 (Folio n° 5191).

Chez d'autres éditeurs

SOLSTICES, *Regent Press*, 1977.

LE POIDS DES ÊTRES, *Éditions de l'Océan Indien*, 1987.

RUE DE LA POUDRIÈRE, *Nouvelles Éditions Africaines*, 1989.

LA FIN DES PIERRES ET DES ÂGES, *Éditions de l'Océan Indien*, 1993.

LA VOILE DE DRAUPADI, *L'Harmattan*, 1993.

L'ARBRE FOUET, *L'Harmattan*, 1997.

MOI, L'INTERDITE, *Éditions Dapper*, 2000.

Composition CMB Graphic
Impression Novoprint
à Barcelone, le 12 mai 2016
Dépôt légal : mai 2016
1ᵉʳ dépôt légal dans la collection : janvier 2011

ISBN 978-2-07-044034-4./Imprimé en Espagne.

304978